Kostas Várnalis

EL DIARIO DE PENÉLOPE

Introducción, traducción y notas de
Francisco Morcillo Ibañez

Kostas Várnalis

EL DIARIO DE PENÉLOPE

Introducción, traducción y notas de
Francisco Morcillo Ibañez

Granada 2025
CENTRO DE ESTUDIOS BIZANTINOS NEOGRIEGOS Y CHIPRIOTAS

DATOS DE PUBLICACIÓN

Kostas Várnalis: *El diario de Penélope*

Introducción, traducción y notas: Francisco Morcillo Ibañez

pp. 162

1. Narrativa 2. Literatura Griega Moderna

Primera edición: 2025
ISBN: 978-84-18948-50-3
Depósito legal: GR 351-2025

Maquetación: Jorge Lemus Pérez

ÍNDICE

INTRODUCCIÓN

El diario de Penélope de Kostas Várnalis comenzó a circular en forma de folletín en 1946, para ser editado como obra completa al año siguiente, en 1947. Ya en el prólogo del autor nos muestra su objetivo:

> *"...ya que tales benefactores toman como realidad el Mito, ¿por qué no hacer también yo del Mito realidad? Y ya que como historiadores cambian la historia en mitología, ¿por qué no cambiar también yo, como fantaseador, la mitología en historia?"*

Es decir, cada página de la obra, cada referencia al mito de Penélope puede ser leída y entendida con una doble lectura, una lectura histórica. Esto exige del lector un conocimiento adecuado de la historia de la Grecia del siglo XX. Várnalis escribe para un público que ha vivido una historia reciente de su país y sabría entender con claridad cada metáfora, cada símbolo, cada referencia. Han pasado ya años de esos momentos críticos de Grecia y tal vez el lector actual, el público joven del s. XXI haya perdido muchas de las claves necesarias para la lectura del Diario de Penélope, y así se queda solo con la mitología. Mitología que, por cierto, nos muestra el gran conocimiento que del mundo clásico tenía el autor, utilizando como fuentes para su obra no solo las homéricas de la *Ilíada* y la *Odisea*, sino también Hesíodo, Heródoto, Apolodoro, Estrabón, Plutarco, Aristóteles, Pausanias, Píndaro, y un largo etcétera. Las referencias históricas las debemos suponer y es lo que dificulta su comprensión actual entre los lectores griegos, cuanto más fuera de Grecia. La traducción de la obra conlleva la dificultad de conseguir que un lector no griego comprenda la sátira que subyace en ella, y para ello habrá que explicarle mínimamente cuáles son las claves históricas utilizadas. Una tarea que se intentará en esta pequeña introducción.

El sentido pedagógico de la obra de Várnalis, de prácticamente toda su obra, ya sea en poesía, prosa, teatro o ensayo, le confiere ese carácter de "*profesor*" que tantas veces se le ha atribuido por sus lectores y seguidores. Várnalis utiliza la mitología, el mundo clásico griego en general, como un puente entre la historia pasada de un pueblo y su presente. Cuando un lector se ve reflejado, él mismo o su sociedad, en la narración o los versos que hablan de la antigua Grecia, adquiere una base que cimenta la comprensión de su mundo. Los paralelismos entre el mundo clásico y la actualidad son continuos. Así el mundo clásico es tema recurrente en la obra de Várnalis: *Το φως που καίει* (*La luz que quema*) con los personajes de Prometeo y Momo, *Η αληθινή απολογία του Σωκράτη* (*La verdadera apología de Sócrates*[1]), *Το ημερολόγιο της Πηνελόπης* (*El diario de Penélope*), *Άτταλος ο τρίτος* (*Átalo III*)...

Comentábamos el problema de la traducción de *El diario de Penélope*, se debe mantener o verter no solo el estilo literario del autor, sino también el objetivo que pretendía con su obra. El traductor, normalmente con su base de filólogo, debe adoptar también el papel de historiador. No olvidamos que se trata de una obra literaria y no un libro de historia, pero no podemos dejar que el lector no griego pierda ese componente histórico sin el cual no tendría una visión completa de la obra. Partimos de un lector medio, con un conocimiento suficiente de la mitología y de la historia de la Grecia clásica, pero con un desconocimiento casi total de la historia de la Grecia desde su independencia en el siglo XIX. Dado que Várnalis hace un uso muy especializado de la mitología, más allá de lo que un ciudadano medio sepa sobre Ulises y Penélope, se tiene que poner a disposición del lector curioso e interesado todos los datos posibles que adviertan que el autor no se "inventa" el mito sino que bebe de múltiples fuentes del mundo clásico.

[1] Editada por el Centro de Estudios Bizantinos, Neogriegos y Chipriotas de Granada, 2003.

Quizás todos sepan quiénes son Ulises y su mujer Penélope, Telémaco su hijo, Zeus, Atenea, etc., pero tal vez desconozcan quiénes o qué son los Coribantes, Leda, Candaulo, Giges, Estige, Piriflegetonte, Equidna, el apotimpanismós, etc. Datos que les podemos aportar con unas adecuadas notas informativas. O de qué obras clásicas ha extraído el autor las referencias que hace, como la del dios Pan como hijo de Penélope, sacado de Apolodoro y Epiménides, el primer encuentro de Odiseo y Penélope y la pregunta de sus padres si se quería casar con él o no, extraído de Pausanias; la muerte de Helena en Rodas como castigo, también sacado de Pausanias... En cuanto a la obra y sus paralelismos históricos es en la introducción donde se desvelan al lector las claves para entender la narración en ese aspecto. Se aportan ciertas referencias de la historia de España que pueden acercar al lector a comprender más la de Grecia, sobre todo gracias a una serie de semejanzas muy interesantes en la historia reciente de ambas naciones.

El Diario de Penélope y la Historia de Grecia (y de España)

De los paralelismos que Várnalis establece en la obra deberíamos subrayar los principales que nos darán claves para esa segunda lectura que enriquece la obra. Así, Penélope sería la monarquía, Ítaca sería Grecia y el falso Ulises sería el General Metaxás, el militar y político griego que a finales de los años 30 instaura una dictadura de corte fascista en Grecia.

La obra comienza el día de la partida de Ulises hacia Troya. Penélope, al quedarse sola, decide comenzar a escribir un diario. Los sirvientes del palacio aprovechan la ausencia del señor para darse a la buena vida. Penélope reacciona con castigos ejemplares entre sus siervos, apoyándose en la pequeña guarnición que tiene y que aumenta para prevenir nuevos desmanes por parte del pueblo. En Grecia, como en España, durante todo el comienzo del siglo XX, los cambios de gobiernos son constantes, con lo que las monarquías de ambos países se apoyan más en el ejército para someter al pujante movimiento obrero.

Para refrendar su poder como reina convoca una asamblea en la que cuenta con el apoyo del adivino Aliterses (la iglesia) quien pretende dar carácter divino a la reina, y de su ejército, pero se le muestran adversos los nobles (los políticos) y el pueblo, con Tersites a la cabeza. Este Tersites, que aparecerá a lo largo de la obra como cabecilla del pueblo obrero, no es exactamente el personaje de la *Ilíada* aunque se le parece: "*Uno bajo, calvo y renegrido. Y torcido de hombros*". Es un representante del pueblo, de la clase trabajadora, y denuncia los excesos de los nobles y de la clase gobernante. No es de Ítaca, es de fuera. Con ello Várnalis no quiere decir que la revolución ha de venir del exterior, sino que expresa el carácter internacional de la lucha de clases[2]. A partir de este capítulo, en el resto de la obra Tersites es sinónimo de lo subversivo y lo anárquico: "*Cada traidor y anarquista se llama Tersites*".

En el capítulo *Antínoo* encontramos a uno de los nombres más importantes entre los pretendientes, que en la obra llega con su pequeño ejército y es aclamado por el pueblo. Penélope se enfrenta a él. Pero como todo el mundo sabe, con el tiempo Antínoo y el resto de los pretendientes acabarán ocupando el palacio. Con la pérdida de poder de Penélope podemos trazar un paralelismo con el momento histórico del gobierno de Venizelos (1928-1932) y sus no muy buenas relaciones con la monarquía, que de hecho no permanecía en Grecia. Jorge II se había expatriado el 6 de diciembre de 1923. En España el 13 de septiembre de ese mismo año, 1923, el Capitán General de Cataluña, Miguel Primo de Rivera se subleva contra el gobierno, declarando el estado de guerra. Suspendió la Constitución, disolvió las Cortes y estableció un Directorio militar, bajo su presidencia. En este caso el rey Alfonso XIII lo apoyó.

En el capítulo *La rebelión de las masas* nos relata un episodio que parece que se desvía de la mitología clásica, pero que se mantiene en la

[2] Στ. Μάρα, *Κώστας Βάρναλης. Ιδεολογία και Ποίηση*, 1986.

línea satírica del autor. Una situación angustiosa provoca una revuelta campesina que, surgida en Ítaca, se extiende por todo el resto de las islas. Y pese a la represión la revuelta cobra fuerza, sobre todo por la figura de Tersites. La reina Penélope vuelve a Ítaca, reclamada por quienes no querían tal anárquica situación. Con una violenta represión y un endurecimiento de las condiciones del pueblo soluciona por el momento el problema. La represión incluía torturas y deportaciones a islotes, incluyendo a familias enteras. El mismo Várnalis sufrió ese castigo por sus ideas marxistas.

En el periodo del gobierno de Venizelos se dictarán una serie de leyes en contra de los movimientos obreros como la ley votada en 1929. Esta ley, conocida como Ley de Delitos Especiales, preveía una pena de cárcel de al menos seis meses para quien "pretenda la aplicación de ideas que tuvieran como objetivo manifiesto el derrocamiento por medios violentos del sistema social imperante o la fragmentación de parte de la totalidad del territorio nacional o actúe en favor del proselitismo de estas ideas...". También esta ley ordenaba la disolución de sociedades comunistas y contenía determinadas disposiciones para el cese de servicio de funcionarios públicos y de personal militar que hicieran propaganda subversiva.

En España, en 1923, el gobierno de Primo de Rivera reprimió los movimientos obreros anarquistas y declaró ilegal al partido comunista.

Homero llega a Ítaca y, requerido por la reina, narra los sucesos de la guerra de Troya pero, alejándose algo de la Ilíada, los narra de una forma muy satírica contra los gobernantes o los nobles. Recuerda más la expedición de los griegos a Asia Menor de 1919 que acabó con el desastre de 1922. La guerra por la bella Helena se concibe como el afán de realización de la "Gran Idea" (el deseo de liberar y unificar a todos los griegos que vivían en los antiguos territorios del imperio bizantino). Pero la derrota acaba con el sueño de recuperar el antiguo y gran imperio bizantino. España, que ya había perdido su gran imperio en 1898, afronta un nuevo desastre en 1921, el de Annual, donde perdieron la vida unos 9.000 soldados ante las fuerzas rifeñas.

Los dos últimos capítulos de la obra toman un nuevo camino alejándose de los mitos originales pero con muchas referencias a ellos. A Ítaca llega un Falso Ulises, proviene de la isla de Circe y era uno de sus cerdos reconvertido a hombre al mismo tiempo que los compañeros de Ulises, que previamente habían sido convertidos en cerdos, vuelven a su esencia humana, aunque a desgana. El Falso Ulises llega con la idea de ser aceptado como el Ulises que se esperaba y así sucede. Se hace con el poder y plantea una Ítaca más poderosa en compañía de la reina. Tiene en mente una Tercera Civilización Griega.

"Cuanto más trabajéis seréis tanto más libres, y se fortalecerá la patria. Y este sol se cansará en escribir en el cielo con su lapicero ígneo el milagro de la tercera civilización itacense."

El lector ya puede tener las suficientes pistas como para pensar que Várnalis se está refiriendo al dictador Metaxás para formar su personaje del gran Cerdo, así, con mayúsculas, el Falso Ulises. En octubre de 1935 el General Papagos restauró la Monarquía mediante un golpe militar, devolviendo la corona a Jorge II. En abril del 36 el rey nombró al monárquico general Ioannis Metaxás jefe de gobierno. Este suspendió la Constitución y el 4 de agosto de 1936 impuso una dictadura de corte fascista que aspiraba a fundar la "Tercera Civilización Helénica" a imitación del Tercer Reich. Tercera Civilización, tras las de Pericles y la de Bizancio.

Más pistas encontrará el lector en las palabras del Falso Ulises cuando describe su idea de gobierno:

"Ahora me son necesarias las perras para preparar un gran ejército y policía, la que se ve y la secreta. No esperaré a que estalle el mal para golpearlo. Lo golpearé antes de que estalle. Llenaré los pueblos y las

ciudades de oídos. Para conocer qué se cuece en el coco de cada uno, hasta la última choza ¡y hasta la última cuna!
De la cuna cogeré a los niños y los moldearé como traidores a sus padres, asesinos de sus hermanos. Llenaré los islotes y las cárceles con todos los hombres libres, para que queden afuera sólo los esclavos. Podría convertirlos en cerdos. Pero yo no necesito chuletas, necesito trabajo y dinero."

Del mismo modo Metaxás potenció los cuerpos policiales y parapoliciales y durante su gobierno, a semejanza de otros movimientos fascistas del resto de Europa, se crea la EON (Εθνική Οργάνωση Νεολαίας[3]), una organización juvenil de formación de adeptos al régimen.

En España, el 18 de julio de 1936 comienza la sublevación militar contra el gobierno de la República. La guerra civil que ocasiona conducirá a la dictadura del general Franco. En la mente de este también estaba la recuperación de una España fuerte como lo fuera con los Reyes Católicos, Isabel y Fernando. Para mantener el régimen dictatorial todo un gran cuerpo policial controlaba cualquier disidencia. También contó con el control y formación de los jóvenes con la creación de las Juventudes del Movimiento y la posterior Organización Juvenil Española.

Cuatro años dura el gobierno del Falso Ulises, tantos como dura la dictadura de Metaxás. Cuarenta años serían los de la dictadura de Franco en España.

La Segunda Guerra Mundial en Grecia es relatada como un cuento. Así se denomina el último capítulo, "El Cuento". Durante el gobierno del Falso Ulises dos pueblos extranjeros se disputan Ítaca. El pueblo de los licántropos (los alemanes) y el de los chacalántropos (los ingleses). El pueblo de los lobos invade la isla.

---

[3] Organización Nacional de la Juventud.

"Ulises llamó al pueblo a defender las «sagradas tierras de la patria, las tumbas de los antepasados, los altares de los dioses, y la libertad». (¡Bien lo pergeñó!)."

Metaxás llama a los griegos a la defensa de la patria el 27 de octubre de 1941 contra las fuerzas italianas de Mussolini. Ante el fracaso del ejército italiano en el frente albanés, los alemanes entran en Grecia en su ayuda contra el ejército griego que en breve se rendirá.

La capitulación griega ante los alemanes aparece en este capítulo, los generales G. Tsolakoglu, E. Bakos y P. Demestijas capitulan ante los alemanes como los comandantes de Ulises ante los licántropos. El desarrollo de la ocupación alemana se ve en los movimientos de Ulises, este se va de Ítaca junto con su familia y los principales consejeros en un barco de los chacalántropos. En abril de 1941 el rey Jorge II huye con su gabinete y la familia real a Creta.

El Falso Ulises muere durante la ocupación de los licántropos. Metaxás muere el 21 de enero de 1941.

El desarrollo de este último capítulo contiene muchas referencias y paralelismos con los días de la ocupación alemana en Grecia. Eurímaco entrega a los licántropos todos los barcos, los depósitos de armas del estado y todo el trigo y el aceite del pueblo, y su ganado.

"Hambre, enfermedades y mortandad segaron a los pobres"
"Los «salvadores» nombraron a Eurímaco Gran Visir"

Los alemanes nombran a Tsolakoglu presidente del gobierno colaboracionista el 30 de abril de 1941. Confiscan las cosechas, las producciones de la fábricas y exigen el pago de los costes de la ocupación. Esto provocó una gran hambruna entre la población.

El pueblo resiste al enemigo: "*¡Cuantos lugares cogían y aseguraban, lo hacían estado popular y lo llamaban patria libre!*"

La resistencia griega contra los alemanes se condensa en la formación de ejércitos populares. EAM (Frente Nacional de Liberación) y ELAS (Ejército Popular Helénico de Liberación), ambos de tendencia izquierdista, formaban gobiernos locales allí donde liberaban.

"Y con mujeres ministras, mujeres diputadas, mujeres juezas. ¡Y mujeres soldadas, con fusil, con refajo, y con calzones!"

El EAM realizó elecciones donde las mujeres votaron por primera vez.

"Los «salvadores» invitaron a los nacionalistas, a cuantos les dolía su tierra, a que tomaran las armas para defender a la patria, las tumbas de los antepasados, los altares de los Dioses ¡y la libertad! Puede que fueran carne de cañón, pero el sagrado objetivo y el salario bueno los purificaba. Junto con los lobos rabiosos los mercenarios golpeaban con más rabia a los traidores. Unos con las armas y otros con el chivatazo."

Las fuerzas alemanas de ocupación crearon las Unidades de Seguridad (Τάγματα Ασφαλείας) armadas, bajo la dirección del gobierno colaboracionista. Así también la organización fascista "X", formada por el coronel Georgios Grivas[4], colaboró con los alemanes.

En el desarrollo del capítulo seguimos encontrando la mención a hechos históricos, como la dura represión de los alemanes contra los griegos:

"Lobos, dioses y patriotas pegaban fuego a los pueblos de los rebeldes, los colgaban o los degollaban a cuantos caían en sus manos, y muchas veces los quemaban vivos."

Los alemanes reprimieron brutalmente a la población griega, sobre todo en venganza por las acciones de la resistencia popular. El 29 de septiembre

[4] Este militar sería el líder, en los años 50, de la organización clandestina chipriota EOKA, que pretendía la independencia de la isla, entonces bajo dominio inglés, y su anexión a Grecia.

de 1941 las fuerzas búlgaras, aliadas de los alemanes, aniquilaron a unas 3.000 personas en la ciudad de Drama. El 14 de diciembre de 1943 los alemanes fusilaron a más de 800 aldeanos en Kalavrita, a todos los varones mayores de 12 años

Nos encontramos también con la derrota de las fuerzas de ocupación alemanas gracias al apoyo de los ingleses al ejército griego, y las posteriores órdenes de Churchill de apoyar a los monárquicos y fuerzas de derecha contra los ejércitos populares izquierdistas y la aniquilación de estos últimos en una cruenta guerra civil.

Nosotros ayudamos a vuestra lucha por el orden y la libertad. Cargamos barcos y enviamos armas a vuestro Visir y a los lobos, para que se las den a los patriotas. Hemos organizado también tropeles de patriotas y los hemos enviado a las montañas, como para sacudir a los extranjeros, pero en realidad para sacudir a los traidores por la espalda. Hemos organizado la guerra civil y así preparamos la libertad de los sensatos y vuestro propio regreso.

El 4 de octubre de 1944 los británicos desembarcan en Patras y entran en Atenas unos días después. Churchill ordena al general Robert Scobie, comandante de las fuerzas de liberación, utilizar la fuerza para aplastar a la izquierda griega y restablecer la monarquía.

"Los Libertadores al punto pidieron a los rebeldes que entregaran las armas y que volvieran de nuevo sensatamente a sus «casas». Y lo que hubieran hecho hasta ahora, perdonado.
¡Pero qué iban a escuchar esos! Que entregaran sus ganancias y el poder, ¡al que llamaban Igualdad! Se negaron. Y entonces los libertadores, como lo tenían planeado, junto con los príncipes y los verdaderos patriotas, los atacaron. Y con la fuerza de las armas y con la voluntad de los dioses, vencieron en pocos días a los rebeldes, les arrebataron las armas y les volvieron a poner sus cadenas".

El rey Jorge II vuelve a Grecia el 26 de septiembre de 1946. *"Regresé también yo, el Ideal, a mi patria y a mi pueblo."*

La *Odisea* en la obra

Ya el título de la obra, *El diario de Penélope*, además de su prólogo, nos ofrece la clara referencia a la *Odisea* de Homero, y en la práctica totalidad de los capítulos encontramos personajes, hechos, lugares geográficos y noticias sacados de la obra homérica. Salvo algunos de los nombres, la gran mayoría es tomada de la *Odisea*: Dolio, Haliterses, Eurímaco, Antínoo, Leócrito, Melantio, Anfínomo, Pisandro, Agelao, Noemón... En el capítulo V se hace referencia al "Velo de Leucótea", que también aparece en el canto V de la *Odisea* y se menciona a Autólico, abuelo materno de Ulises, como en *Odisea*. XIX, 394 y ss.

En el capítulo VIII encontramos la relación de pretendientes de Penélope, además de algunos ya mencionados con anterioridad: Eurímaco, y su padre Pólibo, Antínoo, hijo de Eupites, Pisandro, hijo de Políctor; Anfínomo, hijo de Niso; Agelao, hijo de Damástor; Ctesipo, hijo de Politerses; Leócrito, hijo de Evenor; Leodes el adivino, hijo de Enopo; Demoptólemo, Euríades y Elato.

Una referencia a Trinaquia, la isla de Helios (*Odisea*, XI, 107) la hallamos en el capítulo X.

La *Telemaquia*, el viaje de Telémaco en busca de su padre, aparece recreada en el capítulo XI, aunque esta vez con otro objetivo más materialista. Penélope advierte a Telémaco que, para el viaje que va a realizar, la diosa Atenea le acompañará metamorfoseada en la figura de Mentor (*Odisea* III, 22 y ss.). Menciona, como se puede leer en la obra homérica, que se encontrará con el rey Nestor y su hija Policasta (*Odisea* III, 464 y ss.), con los reyes de Esparta, Agamenón y Helena y su hija Hermione (*Odisea* IV, 12 y ss.). En la relación de lugares donde debe ir Telémaco incluye Corfú, el reino de los feacios según *El diario de Penélope*, donde se encontrará con el rey Alcínoo y su hija Nausícaa (*Odisea* VI, 17 y ss.). Visita esta última que se aleja de lo narrado en la *Odisea* pero coherente con la narración de Várnalis.

El episodio homérico de la maga Circe, en la isla de Eea, tras el desafortunado paso de Ulises por el reino de los Lestrigones, se nos refiere en el capítulo XII. El canto X de la *Odisea* es reutilizado para darnos una nueva versión de los hechos, pero en la que no faltan la conversión en cerdos de los camaradas de Ulises, ni el *moly*, la planta mágica que Hermes ofrece a Ulises para prevenir los filtros mágicos de Circe.

La *Ilíada* en la obra

Várnalis no descuida las referencias a la otra obra homérica. Ya hemos mencionado que el mismo Homero es un personaje del Diario de Penélope. El capítulo IX le está dedicado y nos cuenta muchos datos referentes al mítico autor, como la problemática de su lugar de nacimiento y sus orígenes, y el tema de su ceguera.

Referencias explícitas extraídas de la Ilíada las encontramos en el prólogo cuando nos informa sobre el número de barcos que fueron a Troya (*Ilíada*, II 637) o menciona a Meges (*Ilíada*, II 627). En el capítulo II nos ofrece una expresión entrecomillada («glorias de los hombres») que aparece en la *Ilíada*, XI 189. Epítetos típicamente homéricos como los que nos encontramos en el capítulo IV refiriéndose al Olimpo como rico en bronce (*Ilíada* V, 504; *Odisea* III, 2) o el epíteto habitual de los aqueos, los de largos cabellos, en el capítulo V. En este mismo capítulo y a lo largo del resto de la obra aparece la figura de Tersites *Ilíada*, II, 212 y ss., pero en este caso desde el punto de vista de un Várnalis que escribe para el pueblo y no de un Homero que canta para la nobleza. La historia de Belerofonte, tal y como la cuenta Várnalis en el capítulo IX, la encontramos en *Ilíada* VI, 155 y ss. En este mismo capítulo refiere la construcción de las murallas de Troya con el trabajo de Apolo y Poseidón (*Ilíada*, VII, 452 y s.).

EL DIARIO DE PENÉLOPE
(1193 a. C - ?)

PRÓLOGO

Acostumbran algunos plumíferos, antiguos y modernos, grandes y pequeños, el atribuir la paternidad de sus obras a otros más afamados o incluso sólo a compañeros imaginarios.

Así también hoy presento yo las crónicas de Penélope como escritas por la misma reina de Ítaca y de la Virtud, ¡escritas por su propia mano!

Pero ¿cómo pudo escribirlas alguna vez cuando no existió nunca? Y lo más difícil: ¿cómo las escribió si no existía la escritura?

Pero tales nimiedades no las tienen en cuenta los puros adoradores del pasado y los patriotas de nuevo cuño. Ellos se rasgarán las vestiduras gritando que soy un falsificador de la memoria de la Mujer Ideal y que mancillo con felonía un "gran patrimonio nacional", ¡una Sombra!

Entonces, ya que tales benefactores toman como realidad el Mito, ¿por qué no hacer también yo del Mito realidad? Y ya que como historiadores cambian la historia en mitología, ¿por qué no cambiar también yo, como fantaseador, la mitología en historia?

Tienen, pues, toda la razón para enfadarse. Pero no van a confesar la verdadera causa de su enojo. Saben que las acciones, los pensamientos y la vida de Penélope son fantasías. Sin embargo las acciones de ésta, sus pensamientos y su vida son a grandes rasgos la vida, los pensamientos y las acciones de todos los Amos (que viven a costa de sus pueblos) tengan el nombre que tengan y sea cualquier el tiempo en el que infamen. ¡Puedes, señor, en cinco años, traicionar cuatro veces al pueblo ante cuatro invasores por un precio adecuado[1]! ¡Pero que se te ocurra traicionar una sola vez el Mito!

---

[1] Se refiere a los alemanes, italianos, búlgaros e ingleses durante la II Guerra Mundial.

Es necesario que señale que entre aquello que cantan las dos grandes epopeyas de Homero y aquello que nos cuenta Penélope en su «Diario» existen muchas diferencias. P. ej. los Versos dicen que al irse Ulises dejó a Telémaco como un «niño de pecho». Su madre dice que se lo dejó hecho un muchachito. Los Versos dicen que Ulises aparejó y llevó consigo doce barcos. Su mujer dice el doble. La verdad de Perogrullo. Cuando Meges, el pequeño rey de Pétalas, nieto de Augias (¿sólo este tenía «mierda»?) llevó consigo cuarenta barcos, ¿cómo el gran Ulises, que dominaba la mayor parte de las islas del Jónico y gran parte de Rumelia, llevó sólo doce? ¡Qué listo era! ¡Cuantos menos barcos suyos menos parte tomaría del saqueo!

Los Versos dicen que Ulises estuvo a la deriva por tierras extranjeras veinte años y en cuanto regreso mató a los novios. El «Diario» no abarca más de doce años. Y no nos dice si Ulises regresó alguna vez. Sin embargo nos dice que llegó un pseudo-Ulises que no mató a los novios, sino que se las compuso con ellos y se casó con la «viuda».

La tradición dice que en cierta ocasión llegó a Ítaca el bastardo de Ulises, hijo suyo y de la maga Circe. Éste mató a su padre y se casó con su madre. No es una cosa insólita en la vida de los «superhombres». Pero el libro no dice nada; tal vez no alcanzó a decirlo.

El «Diario» de Penélope es más bien una confesión de Penélope. Llama al pan pan y al vino vino. Esto demuestra que no tenía intención de publicarlo: una aportación espiritual a la cultura heroica de su tiempo. Si ahora lo presento al gran público, a nuestro pueblo contemporáneo, gato escaldado, ¡que me perdone la sombra sagrada de nuestra Ama y Señora, a quien Dios guarde muchos años!

EL ESCRITOR

CAPÍTULO I. LA EXPATRIACIÓN

¡Primero de Abril[2]!... Como una mentira aún para que me la crea. Y sin embargo se ha ido de verdad. Ahora mismo, delante de mis ojos. Aún me zumban las sienes y la isla da vueltas como una piedra de molino. ¡Se ha ido! Que me socorran los dioses y el primero de todos el Pudor[3].

Sostengo la pluma de oca en el aire desde hace una hora. La tinta se ha secado en su punta diez veces. No volvería a hacer esta tarea. ¿Escribir? ¿No escribir? ¿Y el qué? ¿Y hasta cuándo?

Estoy tan triste y vacía que para consolarme y llenar de alguna forma mi vida guardaré estas anotaciones. Pero ¿las continuaré? ¡Las acabaré!... ¿Se las leeré pasado mañana a Ulises? ¡Uf! Esta enfermedad que me contagió Aquel: ¡dividir la nada en mucho!

Desde hoy se abre ante mí un nuevo mundo. Y seré sólo yo su creadora y su guía. La acción es una cosa difícil; la escritura... ¡cualquiera escribe!

Me dejó siendo una joven esposa con un niño inquieto sobre mis faldas. Y ni me besó, para no mostrar, quizás, debilidad ante los de clase baja. ¡Vaya! ¡Cómo si me besara en casa! Directo al grano... De pie, sobre el palo del foque, cuando zarpaba su barco, me agitó su velluda mano mientras miraba a otra parte. ¡Conoce a las mujeres! Alto y negro como las encinas de la montaña de Petaleiko, descalzo y sin mangas, llenaba con su estatura y con su negrura el cielo y el mar. ¡Y creerías que sujetaba sobre su gruesa nuca el gran peso del cielo con su sol y sus espíritus! Estaba embutido completamente en su roja barba y en sus cabellos descuidados, y en sus espesas cejas. Y el retumbar de su voz brotaba de dentro de su pecho como

---

2 Durante este día los griegos, como otras culturas, gastan bromas, como el Día de los Inocentes.

3 Sobre Αἰδῶς ver Jean Hani, *Mitos, ritos y símbolos*, cap. V.

del bronce dentro de la cueva de los Coribantes[4]. Le llamaban: «espanto de los hombres». Y nunca fue tan espantoso como hoy, cuando el gran sol lo abrazaba y se lo llevaba con él.

No eras, primavera, tan dulce ni cuando le dije por vez primera el «sí» y aquel me estrujó mi manecita infantil dentro del torno de su puño, ¡y yo chillaba de dolor! Y ni se enrojecieron tanto mis mejillas y me flaquearon tanto las rodillas, cuando hundió en mis ojos llorosos los suyos estrábicos y dentro de mí todo mi mundo se hundió en un abismo sin fondo, como hoy ¡que no me tocó, no me habló, no me miró!

Esparcían su fragancia en los huertos y en las vallas los nardos y los guisantes aromáticos; en el barranco los pinos, los amarantos, los tomillos y el orégano. Esparcía su fragancia también el mar, en cuanto lo agitaban los remos y las carenas. Esparcían su fragancia las algas y la arena, en cuanto las removían maderos, guindalezas y cadenas. Esparcían su fragancia a brea, alquitrán y pintura los nuevos cascos de las naves… Y, sin embargo, mucho más embriagadores esparcían su fragancia en mi recuerdo sus pies sudados, ¡su amor!

Tan pronto como terminó la bendición el arcipreste y roció los veinticuatro barcos y estos tiraron de las anclas y abrieron sus velas: blancas, rojas, azules, resonaron todos los elementos: tierra, agua y aire, por las alegres canciones de los guerreros en todos los dialectos (gentes de Ítaca, de Cefalonia, de Zante, de Rumelia, de Santa Maura) y por los caramillos y las trompetas, y por los escudos, que golpeaban alocadamente con sus lanzas, para que no se escucharan los gritos de las esposas, los llantos de los niños y los gemidos de las madres.

Y cuando se despegaron los barcos de sus húmedos cimientos y todos juntos se lanzaron adelante, pensarías que arrastraban con ellos a Ítaca

---

[4] Sacerdotes de Cibeles, en las fiestas de la diosa danzaban frenéticamente al son de ciertos instrumentos.

entera como una faluca atada a su popa con sogas… Y las gaviotas daban alegres vueltas en lo alto y caían chillando en el agua, lo mismo que unas flechas, para atrapar las cabezas de pescado y las migas de pan que desde la borda les arrojaban borrachos los guerreros y los marineros, ¡porque se lanzaron enseguida a la francachela y nada les preocupaba!

Y el orgulloso Ulises se quedaba de pie, arraigado en el palo del foque, colosal, profundo, indestructible y hermoso como un Ideal y como un burro erguido. Áyax piensa que solo él tiene la gracia de ser un burro en la bravuconería y en la tozudez: que no recula ante los bastonazos y las piedras. Así también es mi Ulises. Y más. Otros diez reyes borricos como éstos y tomarían la fortaleza de Troya no en diez años (la obra lo dice; ¡me tengo que morder la lengua!) sino en diez días. Y no con las armas, ¡a coces!

Y apenas la flota dobló el cabo, hete aquí, pavoneándose sobre el rollo de las cuerdas, el gallo pregonó el último adiós a todas las gallinas de Ítaca.

Al otro día por la mañana

¡Cómo los olvidé! ¡Lástima! Pero ¿acaso estaba en mi juicio? Cuando hoy por la mañana los vi de pronto ante mí, ¡me preocupé mucho!…

Ayer, nada más irse, volví mohína al palacio y di orden de que cerraran los postigos de mi habitación: puertas y ventanas. Que cogieran del balcón y de los alféizares las macetas con los geranios y las albahacas. Que cubrieran los espejos con tul. Que echaran incluso a Femio el cantor, no nos hacen falta ya canciones. Que juntaran también a los perros y los enviaran fuera, a la cueva de Eumeo, a la roca del Cuervo con los espinos, cerca de la fuente de Aretusa. Todo mudo, oscuro y sin flores a mi alrededor y en mi interior. Sin ver, sin escuchar el mundo. Para pensar solamente en mi amado. Y en mí misma.

Caí de bruces en la cama y apreté los puños sobre los ojos, que se llenaron de chispas y colores. ¡Cómo quisiera llorar! Pero me contengo, para que no se enrojezcan mis ojos y se estropee mi piel, tan aterciopelada que la rozo con mi mano y me parece la mano de otro.

Pero hoy al amanecer, apenas se colaron por las rendijas de los postigos los primeros rayos de Febo, como doradas agujas en la carne, fueron y se clavaron directamente sobre ellos. Y me volví y los vi. ¡Los cuernos!...

De venado, todopoderosos, cada rama de un codo. Decía yo de llevárselos de regalo y de recuerdo al barco para que los lleve en la batalla y en la danza; en la batalla: para aterrorizar a los enemigos; y en la danza: ¡para que me envidien las otras! Nadie los tendría más grandes. Y ahora llevará Menelao, llevará también Agamenón, llevarán incluso todos los valientes reyes que se respetan a sí mismos. ¡Y él será el único que no llevará! Dirá que yo tengo la culpa. Voy a librarme. Que le tengan lástima los grandes dioses y que se los presten Zeus los suyos (los de carnero) y Dioniso los suyos (los de toro).

Los dejaré allí donde se encuentran. Sobre el iconostasio, donde guardan sus coronas de boda dentro de estuches de bronce las mujeres del pueblo. Y cuando haga mi plegaria a los dioses, la mitad se la repartirán los cuernos.

¡Los chaparé en oro para regalárselos cuando vuelva!

Es el tercer día que estoy encerrada en la oscuridad y en el silencio. Sin alimento, sin bebida. Siento un dulce alivio y ganas de desperezarme. Zumban un poco mis oídos y se espacian los latidos de mi corazón, ¡pero se acrecienta dentro de mí la música de las leyes de la Creación!

Oigo a mi fiel Euriclea que golpea la puerta y llora. No abro. Oigo también al viejo Laertes que le pregunta qué tengo, pero no oye qué le responde. Está sordo.

Sola. Y por fin YO. Era reina, pero no era sino su sombra. Prometida, recién casada, madre (madre a los tres meses), vivía dentro de su puño como una hierba que brotó debajo de una piedra y crece sin sol y sin aire quedándose blanca para la eternidad.

Ahora se acostumbraron mis ojos a la oscuridad y veo todo con claridad en su verdadera esencia, sin el obstáculo de la luz. ¡Soy libre!

Me tomó de mi madre siendo yo niña. Cuando me llevó aparte, al jardín, y me preguntó con voz ronca: « ¿Quieres? » me cubrí la cabeza con el velo y me ahogué en el llanto. En el lugar en el que cayeron mis lágrimas brotó al día siguiente la estatua del Pudor[5].

Era una ignorante del mundo, pero muy hermosa. Y por muy inmaduro que fuera mi cuerpo, mi imaginación era más que madura. Y creaba mundos maravillosos, mejores que la Naturaleza. Cuando, invierno o verano, me bañaba en el Eurota, detrás de las altas cañas, me gritaban perplejas mis amigas: « ¡Tú no eres una mujer! ¡Eres un muchacho! ».

Era tan adolescente mi cuerpo que cuando levantaba las manos desaparecía el pecho. Como ahora. Toda yo elástica y ágil como el lagarto y como la comadreja. Y cuando me tendía en la arena para secarme al sol y a mi lado mi prima Helenita, ¡cómo me envidiaba! Ella. Su cuerpo era blanco del todo y rellenito, generosamente desaparejado, redondo, indolente y pesado, el cuerpo de una sultana oriental. (Ahora, con los años, con los partos y con los amoríos habrá ganado más peso). El mío, delgado y oscuro. Los cabellos de aquella eran del todo rubios como la delgada seda. Los míos, negrísimos, espesos como tallados en el ébano; me ceñían la cabeza dentro de su resplandeciente oscuridad, como los carbones a la brasa. Aquella parecía mayor de lo que era; y yo más pequeña. Materia la Helenita. Espíritu la pequeña Penélope.

Por aquel entonces no la tomaba yo en serio. No me imaginaba que un día esta gansa («la hija del Cisne[6]») llenaría Grecia y todo el mundo con su nombre y con sus desvergüenzas. Y cómo correrían al extremo de la tierra tantos reyes y tantos bravos para matarse por esa. La nombraron

[5] Pausanias 3.20, 10-11.

[6] Zeus se metamorfoseó en cisne para acercarse a Leda, la madre de Helena.

la mujer más bella que se ha alzado en siglos. La hicieron símbolo e idea. ¡Honra de Grecia! ¡Mujer afortunada!… Si alguien me raptara también a mí, se encendería por mi causa una guerra más dura entre los dos mundos: Oriente y Occidente. Y me convertiría también yo en un símbolo mayor y en idea y honra. Pero no quiero tal honor. También yo seré una cumbre, mucho más alta. Apoteosis de la prudencia y de la fidelidad femenina.

Hago una reflexión: si Paris, de repente, hubiera pasado primero por Ítaca antes de atascarse en Esparta, me hubiera raptado a mí y no a Helena. Y si el hijo de Príamo no tuvo dificultad para elegir a la más hermosa de las tres diosas de la Belleza y darle la manzana de oro, mucha menos dificultad tendría para elegir entre nosotras dos a la más hermosa: ¡A mí!

Así lo digo. No quiero esa victoria. Yo puedo hacer el mal, pero no lo hago. Ella no puede y lo hace. Voluntad débil y débil cerebro. Y, por eso, sin escrúpulos. Y que se hunda el mundo. ¡Y se hundió!

¡Me metió en líos a mi marido!

Hoy no aguanté. Otra vez, muy de mañana, llantos detrás de mi puerta. Euriclea y Telémaco. « ¿Por qué no abres? ¿Por qué no comes? ¡Te vas a morir! Por nosotros, bien, no pienses en nosotros. Pero ¿y Tu pueblo? ¿Cómo lo vas a dejar huérfano?… », lloriqueaba la nodriza.

Abrí. Y toda la luz del mundo cayó sobre mí como una roca. Mis ojos no veían nada. Solamente escuchaba a Euriclea llorar de alegría. Telémaco tuvo miedo y se le cortó el habla.

Me froté los ojos y sacudí mis cabellos para que se fueran las negras sombras que los llenaban. Y aspiré profundamente la luz, el color y la inmensidad.

Cogí la bandeja con la leche, la mantequilla fresca y las fresas. Basta ya de tanto luto y viudez. ¡Tengo deberes para la patria! Gobernar fuertemente. Y cuando Él regrese, que encuentre el reino más arreglado y mejor…

Esta angustia me ha hecho encerrarme tres días. Y este reflexionar me ha reconcomido y me ha dado dolor de cabeza. Un temor. ¡No tristeza!... Más enfado. Me dije de no contarlo. Por orgullo. Pero no aguanto. A mí no me miró, no me habló, no me besó el día que se fue. Solamente un poco antes de subir para siempre al barco se volvió y me dijo en voz baja: « ¡Cuida de Mirto[7]! ». Ni pensó en su mujer, ni en su hijo, ni en su padre, ni en su reino. Sólo en una esclava...

[7] El mirto era símbolo de la pasión amorosa.

CAPÍTULO II. LOS RATONES

Ayer por la noche, ya tarde, noche del sábado, apenas había cerrado los ojos me despertó un gran alboroto en el patio. Puse el oído. ¡Una fiesta! Voces, canciones, risotadas. Salté de la cama, me puse muy rápido el quitón, me envolví el peplo y me ceñí el cinturón en la cintura. Cogí una antorcha y bajé con premura las escaleras.

¡No me entraba en la cabeza! Afuera, en las losetas del patio, de una punta a otra, estaba dispuesta una mesa opulenta. En las cuatro esquinas ardían y humeaban dentro de sus altos candeleros astillas de los pinos. Y sobre la mesa, muslos de ternera y lechones enteros asados, queso de oveja en aceite y debajo, dentro de los baldes donde beben los caballos, los mejores vinos de la bodega, los que guardaba para que envejecieran para Ulises…

Criados y criadas, esclavos y esclavas, soldados y hortelanos y pastores, todos ciegos de vino. Rompían los vasos de barro y los platos, blasfemaban, chillaban y ¡se besaban! Y Femio, al que había echado, él, que canta solamente a los reyes vivos las glorias de los muertos, apoyado en su bastón, entretenía a estas bestias ¡con las «glorias de los hombres»!… ¡Hombres son solamente los reyes!… ¡Y las reinas!

Me dio asco. Y sentí como un nudo que me ahogaba la garganta. Me apoyé en una columna para no caer y cerré los ojos para no ver. Sentía vergüenza y miedo a la vez.

Tenía que hacer algo. Llevé la antorcha encendida delante de mi cara para que me vieran, que me reconocieran. Y extendí mi mano derecha para que vieran el gran zafiro de mi anillo, el sello del Poder, como una avellana. Esta avellana podía enviarlos a la horca. ¡Vaya! Nadie se volvió a mirar.

Grité:

— ¡Soy la reina!

En vez de amedrentarse rompieron a reír. Y una ronca garganta me gritó:

— ¡Bienvenida sea nuestra señora chiquitina! Ven tú también a chocar una copita con nosotros. Que olvides un poco que eres una separada, como nosotros olvidamos que somos esclavos… ¡Te quiero!

— ¿No os da vergüenza?

Lo dije con toda la fuerza que pude reunir en mis pulmones.

— Largaos deprisa de aquí e id a encerraros en lo más hondo de vuestras celdas… ¡Y mañana ya hablaremos!

— ¡Vaya! ¡La pobrecita! — tomó la palabra como si fuésemos iguales, ¿quién? ¡Mirto! ¡Su Mirtita! Esa de la que tanto se preocupaba Ulises.

Se levantó, sin sacar la mano de Toro de su cintura, estiró su incipiente cuerpo (bordeaba los quince) y me dijo mirándome directamente a los ojos (¡era hermosa!):

— Ahora no eres nada aquí dentro. En nosotros ha recaído el gobierno y la preocupación (¡y la honra!) de la casa. Tu trabajo ahora es el llorar a tu nene mimado para que vuelva, y a llorarlo incluso más tarde, ¡cuando no vuelva! Y para nosotros nuestro trabajo, que no te falte de nada y el disfrutar de nuestros hombres que no nos abandonaron para irse…

Cuando falta el capitán, los grumetes miran por salvar el barco. Sin nosotros se hundirán del todo y con todos dentro palacio, campos, huertos y majadas y con ellos ¡tanto tú como nosotros!…

¡Anda y vete a dormir, ya que no te rebajas a beber! Y si montamos una juerga de vez en cuando, crecerán nuestras ganas de trabajar. Como tu ausencia no perjudica, ¡igualmente tu presencia no beneficia!

Ten esto, te digo, para beber a la salud de nuestro señor que tiene un cerebro duro y un temperamento más duro. ¡A la salud de tu hombre y de nuestro hombre!… Si tú enviudaste una vez, nosotras enviudamos diez.

Y me tendió la copa.

— ¡No tengas miedo! ¡No estamos enfermos!

Toda la sangre se me subió a la cabeza. Abrí mi boca, pero no encontré las palabras que quería decir. Solamente los ojos se me salían de las órbitas como si una cuerda me estrangulara el cuello.

Y entonces Mirto volvió a decir:

¡Venga, muévete! No les gustan a los hombres las mujeres tarugo. Y te regalo a mi Toro… de nombre y de hecho.

La antorcha se me resbaló del puño como si fuera agua. Y me fui deprisa para escabullirme en la oscuridad como el murciélago que vuela sin que se oigan su aleteo.

Fui a mi habitación. Rabiaba de ira. ¡Ya os enseñaré yo! Cuando era pequeña me llamaban: «el muchacho». Ahora que he crecido me llamarán: ¡«macho»!

CAPÍTULO III. EL PUÑO

Me levanté hoy antes del amanecer. Despreocupada y fresca como si no hubiese sucedido nada y como si nada fuera a suceder. Envié un mensaje con el viejo Dolio, (el que me entregó mi padre, cuando me fui de Esparta, como consejero y ayudante) a Euriclea, que dio de mamar a Ulises cuando era niño, a Ariste, que me ayudó en el parto de Telémaco, y a Laertes mi suegro. ¡Que vinieran enseguida! Laertes con Argos. Ordené que vinieran también todos los soldados del palacio: escuderos, hacheros.

Todos ellos vinieron rápidamente. Sólo Laertes no apareció. Porque vive lejos en la finca y es un viejo atontolinado. Dolio lo encontró sentado en el umbral de su choza, con su camisola de cretona y con sus zuecos, pelando cebollas. Junto a él, tendido en el suelo sobre su panza, como siempre, y apretando el hocico entre sus patas delanteras, con uno de sus ojos Argos dormía y con el otro vigilaba[8].

Sordo y medio ciego, el anciano centenario no entendía qué le decía Dolio. Entonces Dolio hizo una bocina con sus manos, como hago también yo cuando le hablo, y le gritó al oído:

— Ven deprisa. Te requiere la reina.

Aquél empezó a llorar. Se acordó de su hijo.

— Deja ya de llorar y moquear. Ponte tu ropa de vestir.

Le costó una hora encontrar sus calzones. Dolio se vio obligado a vestirle con sus propias manos como a un bebé, lo puso dentro de un carrito junto con Argos y los trajo a la carrera hasta la corte.

Delante los doce hacheros con el hacecillo de varas al hombro y con la segur en el medio; detrás y a los lados una cuarentena de escuderos. Y en

[8] Al igual que su homónimo el gigante Argos y sus cien ojos.

medio yo. A mi derecha mi suegro y a mi siniestra Dolio, Euriclea y Ariste. Y apenas tocó la trompeta «Marcha el rey» marcharon también conmigo tierra y cielo. En el mismo momento, como si estuviese hablado, se presentó a mi derecha el Sol de plano. Buena señal. Y mi sombra cayó alargada, interminable e ineludible sobre las losas y cortó el patio en dos.

— ¡Así también mi voluntad se extenderá por todo el reino!

Todos dormían profundamente en el palacio: hombres, perros y aire. Los perros y el aire se despertaron. Los hombres no oyeron la trompeta. El vino les había taponado los oídos.

La trompeta tocó diana de nuevo. Nadie apareció. Todo alrededor de las celdas de los sirvientes y de los esclavos permaneció mudo, con las puertas inmóviles.

Hice una señal a los hacheros para que rompieran las puertas con sus hachas.

Un hedor insoportable (¡peste a vino, peste a ajo, vómitos y amoniaco!) se desparramó de golpe afuera, junto con nubes de moscas. Como si se hubiera roto una alcantarilla. Por el suelo, en el piso, machos y hembras roncaban amontonados, desnudos y nauseabundos. Me tapé la nariz y entorné los ojos. Los hacheros les daban patadas para que se despertaran, mas aquellos gruñían sin despertarse.

Los puse a coger al azar una decena de mujeres y hombres y que los ataran por la cintura en las columnas del patio, tal y como estaban: desnudos y nauseabundos. Y estos se reían sin abrir los ojos.

— ¡Adelante! Zurradles con las varas de cornejo.

Sólo entonces se despertaron. Y mientras comprendían qué ocurre, comenzaron a sangrar. Por la espalda, por la nariz y por la boca. Y sus ojos se llenaron de sangre; y corrieron sus lágrimas rojas. Los mataría. Como ejemplo. Pero me contuve. Cada uno de ellos cuesta muchos bueyes. Y los bueyes nos los comemos; ¡estos nos comen!

Desde los huertos y desde las majadas, desde las viñas y desde los talleres de la finca corrieron grandes y pequeños para contemplar la lección. Y afuera, en la plaza del palacio, mucha gente oyendo los chillidos. Éstos no veían; pero escuchaban la lección.

Todos se mordían los labios. Sólo aullaban los perros. Y yo no dije «basta» salvo cuando los culpables, desmayados, se doblaron en dos, como toallas mojadas en la cuerda de la colada. Entonces los desaté y los arrojé sobre las losas. Y los perros cayeron sobre ellos y les lamieron la sangre.

Después fuimos al harén de Ulises. Buscaba a Mirto.

Todas «estas» golfas que las tenía Aquel entre algodones; que no les privaba nunca de ropa interior de seda, alhajas, cremas y dulces; que no hacían nada en todo el día excepto bañarse, pintarse la uñas con alheña y depilarse las cejas con las pinzas; y engordaban sin parar, tendidas en los divanes. Las encontré roncando en sus camas, cada una con un hombre, y Mirto con dos.

La despegué a la fuerza de entre los cuatro brazos y la arrastré por los pelos yo sola. E hice que la ataran por los pies y que la colgaran boca abajo en las rejas del balcón.

Tengo que reconocerlo: ¡una Maravilla! Su cuerpo inmaduro, atezado y duro como el coral negro, ¡cómo el mío! Con cada golpe se sacudía y se retorcía por una convulsión erótica. Pero no dijo palabra. ¡Qué tozudez!

Sin embargo, rápidamente me di cuenta que todos a mi alrededor dejaban en tierra las lanzas, los escudos y las hachas y la contemplaban pasmados, con lástima y amor. Los eché a todos, hombres y mujeres, jóvenes y viejos, ¡incluso también a los perros y si pudiera hasta al aire! ¡Para que no la viesen! Todos sentirían lástima por ella y se enamorarían: ¡soldados, esclavos y sirvientes! ¡Incluso yo!

El viejo Laertes se desmayó.

Nos quedamos las dos. Cogí las varas y comencé a golpearla. ¡Qué dulce embriaguez era esto! ¡Y no lo supe durante tanto tiempo! ¡No sabía que tenía tanta fuerza! ¡Como el odio femenino no hay una segunda fuerza en el mundo! Cuanto más golpeaba más lo quería. ¡Y cuanto más lo quería más golpeaba! Y cuanto más golpeaba y lo quería, más y más me embriagaba.

Os doy gracias, Dioses, porque nos disteis muchas preocupaciones y responsabilidades a nosotros los Señores. Pero nos disteis también el mayor placer del mundo: ¡pegar, matar, y ser temidos!

Pero aquella me miraba a los ojos con tanto odio y desprecio que los bajé. Y se me cayó hasta el cornejo.

— ¡Por tus celos, urraca! Soy (¿lo oyes?) más hermosa y más joven que tú. Tengo catorce años y tú tienes el doble que yo (¡mentira! ¡No he llegado a los veinte! Pero yo no temo los años. ¡Soy inmortal!). Te marchitó el rencor y te arrugó la racanería. Y por eso me prefiere MI Ulises. Sé seducirle, tratarlo bien, darle calor, hacer que te olvide. Y rejuvenecerlo. Lo llevo en la sangre. El arte no se aprende. Mientras que ¿qué hay qué envidiarte a Ti? Eres fría, cascarrabias, interesada e hipócrita. Cuando te besa no piensas en otra cosa más que en tus ahorros. Eres vieja y zopenca. Y aunque te pintes a puñados. Ni vestirte sabes, ni desnudarte. Incluso ni hablar.

Cuanta sabiduría encierran estas entrañas de aquí no la tienes en tu cabeza. Me lo dijo Aquel al irse: «nada más vuelva con bien, la echaré y te tomaré a ti». Y entonces yo te colgaré en el balcón desnuda y boca abajo. Abriré las puertas y haré entrar al pueblo. A todo Ítaca. Incluso haré que toque la música. Que te vean todos. Que se rían y te escupan… ¡Vaya espantajo!…

A ti te tomó gratis. Por mí calculó treinta bueyes. Tu suegro, para Euriclea, calculó entonces cuando la compró sólo veinte, sin dormir nunca con ella. Te haré mi esclava: ¡para que me bañes en el harén, me seques, me untes perfumes, y por la noche me enciendas el candil!… ¡Ja! ¡Ja!

Se había vuelto medio loca.

¡Bien que me las ingenié y los había echado a todos! Nadie oyó esto que me largó.

Tenía la intención de dejarla allí al sol. Todo el día. Para que se ennegreciera más, se pudrieran sus heridas, se la comieran las moscas. Que se despejara de la borrachera. Entonces comprendería su desgraciada situación. Y entonces sufriría. Pero me dio pena (¡como si me diera pena!).

La desaté yo sola, le enjugué con un pañuelo húmedo las heridas. Y cogiéndola en mi abrazo (¡qué ligera, como una paloma!), cuando la tendí en su cama la cubrí con una sábana limpia. Su cuerpo ondeó bajo la sábana, como el mar cuando se corta el viento que lo azotaba, pero le queda el oleaje.

No creo que me enfadara. Ni que tuviera celos. Pero para bien o para mal tuve miedo. Me levanté y le dije con dulzura:

— Desde mañana te pondré cerca de mí como dama de honor.

— Gracias, Majestad.

Así la tendré en mis manos y la vigilaré. Y me asesorará. Y a fin de cuentas, mejor que nos repartamos el reino en dos que me lo coja todo ella sola.

Bajé al patio como una nube negra llena de granizo, aguacero y naufragios. Y se oscureció la bóveda celeste. Todos esperaban con los ojos fijos y la lengua mordida. Fui delante del palacio y subí al tercer escalón de la entrada. Y grité con voz firme:

— De aquí en adelante el palacio se convertirá en templo de la Virtud. Y de la Prudencia. Aquí dentro no volverá a entrar más a ensuciar el aire ni una pluma de las alas ni de las flechas de Eros. Ni cuando se duerme ni cuando no se duerme. Todos vosotros venceréis la debilidad de la carne con la fuerza del espíritu. Y con el doble de trabajo. Y si algún hombre es vencido (siempre ellos ponen esa excusa), enviaré al veterinario para que lo alivie con el bisturí, con el martillo, con la cuerda… como cada uno prefiera.

El Mito y la Canción cantarán cómo Penélope se alzó como la primera mujer honrada en siglos. Y a su alrededor angelotes y angelotas serán todos los de palacio.

Y la melodía de la Canción y las palabras del Mito las tomarán en sus alas los vientos y las llevarán por tierra y mar a los confines del mundo. Las repetirán las montañas, las ramas, las olas y las lluvias y los ríos. ¡Y el eco tomará fuerza sin parar de país en país y de siglo en siglo!

Después fui con toda mi escolta a las bodegas y a los rediles. En las bodegas, donde guardamos la cosecha de muchos años dentro de grandes tinajas de barro, cada una de la estatura de un hombre, atadas con gruesas cuerdas a la pared: el vino, el aceite, los quesos, la cebada, las lentejas, las nueces, los tasajos, las salazones, las aceitunas, los encurtidos y los pulpos desecados. La encargada de la bodega, que había visto lo que les había pasado a sus compañeras de ayer, corrió a su puesto con los ojos hinchados, mareada y sin lavar y con los cabellos como la retama.

Calculé a ojo las cantidades. Y dije a Dolio que las apuntase en la libreta. Después cerré y cogí las llaves. Y colgué el manojo en mi cinturón.

— De aquí en adelante lo que necesitemos cada día vendrás a pedírmelo. Tantas libras de esto, tantos cuartillos de aquello. Y lo que cojas lo apuntaremos. Al final de mes se harán las cuentas.

Fuimos después a los establos y a los rediles. ¡Miles de cabezas! Contamos tantas mulas, tantos asnos y tantos caballos. Tantos cerdos y tantas cabras y ovejas: tantos lechales, tantos corderos, tantos cabritos, tantos borregos, tantos cebones.

— Escribe, Dolio.

Y volviéndome a los estableros:

— Lo que vayamos a sacrificar, iréis a decírmelo primero. Y lo que se muera por enfermedad, vejez, accidente, me llamaréis para que lo vea con mis ojos antes de que lo enterréis. Porque cada cabeza que falte sin que yo lo sepa lo pagaréis con vuestra cabeza. Y cuanto nazca lo sabré también. Contado, tasado.

Ni una choza, ¡y no digamos palacio ni reino!, puede ser llevada sin aritmética, balanza ni palo.

Estaba tan excitada y tan mal que había olvidado a Ulises. Saliendo de las gorrineras pasé por delante de la "jaula" del jabalí. Entonces recordé a mi marido. Un enorme jabalí llenaba con su masa y con su fuerza el mundo. Salvaje, temible e incontenible, resoplaba como diez fraguas y sacudía las rejas de hierro como si fueran cañas. Se hubiera asustado incluso el mismo Heracles, que mató a su bisabuelo. Porque era biznieto del jabalí de Erimanto[9]. Nos lo había enviado el viejo Néstor, el primero de Grecia en sabiduría y robo, como regalo desde el Olonós. Belleza divina. Lo llamé Ulises. Iré a verlo a menudo para que me recuerde al otro. Encargué que lo cuidaran como a un rey. Que le dieran doble y triple ración y el harén que aguantasen sus riñones.

Y que clavaran en lo alto de su puerta un escudo de madera con un rayo entre ramas de laurel.

Y como me miraban todos pasmados: escuderos, hacheros, servidores y esclavos, di una vuelta y les fui de frente. Y afirmando mi pequeño cuerpo (¡llegaba al cielo!) y elevando mi voz (¡como si bajara del cielo!) les dije palabra por palabra, como una campana y a las claras:

— Todos los animales tomarán doble forraje. Ellos nos mantienen. Y recortaré a la mitad el pienso para los hombres. Así no engordaréis en balde y tendréis también ganas para el trabajo. No se agriará vuestra sangre para escandalizar a vuestra carne y a vuestra imaginación. Enflaqueciéndoos el cuerpo reforzaré vuestro espíritu.

El camino de la Virtud es camino del Ayuno.

---

[9] El tercero de los doce trabajos de Heracles.

CAPÍTULO IV. EL BUEN COMIENZO

No sé que tengo. Y sin embargo estoy muy bien. He engordado, por supuesto. Y todo va como un reloj en el palacio y en el reino. No tengo a ningún tirano sobre mi cabeza. Tirano soy sólo yo. Pero algo me oprime el corazón. ¡Una depresión! Un caos. (¡Del Caos nació la Tierra y de la Tierra el Amor![10]).

Quizás sea por la mucha comida, el apoltronamiento y el echarse a la bartola. Algo como expectativa y como promesa más allá del Caos, en las fronteras de la Tierra y del Amor.

Quizás sea también el día cenizo. Martes.

Tumbada en el balcón, en una mecedora, miro abajo el jardín lleno de flores y frutos. El suave mistral me rocía el rostro con las gotas de la fuente. Y sin embargo no se apaga la llama que me arde tras la frente.

La vida es bella, incluso sin marido. Mirtito se deja acariciar en el suelo, a mis pies. Y yo me hundo en el caos sin pisar en Tierra y sin que suceda que me retenga el Amor.

¡Que falte!

Al día siguiente

Mucho calor y extenuación. Todas las puertas y ventanas abiertas y ni con esas corre el aire. Me ahogo. He de llorar para aliviarme. Pero ¿cómo llorar sin estar triste y sin estar alegre?

Hoy es 15 de agosto[11].

[10] Hesíodo: *Teogonía*, 116 y ss.

[11] El 15 de agosto es una fiesta muy señalada en la Grecia actual, la Dormición de la Virgen.

Sobre la mesa, en la bandeja de plata, higos, uvas y melocotones recién cortados del jardín desprenden su aroma, brillan y destilan miel. Pego un mordisco y lo dejo. Lo acaba la pequeña.

El espejo, frente a mí, sonríe y me devuelve mi cuerpo más maduro, más fresco y más melifluo que los frutos. Ha retoñado mi cuerpo y se han redondeado mis brazos. Nunca en mi vida he estado tan atractiva y hermosa. ¡Ojalá me viera hoy Ulises, o cualquier otro al que él hubiese escondido debajo de nuestra cama, como Candaulo a Giges[12]!...

Para no engordar más y para no aburrirme, cada día hago gimnasia. Y sobre todo me entreno con la espada. Tengo como maestro a Dolio. Pero debiera tener a Quirón el centauro, al que tuvieron como maestro Asclepio, los Dióscuros y Aquiles. Pero estos caballo-hombres no abandonan el boscoso Pindo[13], con los lobos, ni el Císavo con las aldeanas y las sucias campesinas. Tengo que ir yo a sus guaridas. A meterme en el bosque cada mañana con las campesinas y las aldeanas, ellas para hierbas y caracoles, ¡y yo para lección!... ¡y pasión!

Subir, como estoy ahora, a una roca elevada, cortada en lo alto sobre el mar, como el Cabo Lefkata, el Cabo de la Señora. Que se coloquen fondeados frente a mí, un círculo con la aglomeración de sus mástiles como un bosque, todos los barcos de los griegos, mil ciento ochenta, con cien mil almas. Que hayan salido sobre sus cubiertas y alineados desde el primero hasta el último, reyes, capitanes, guerreros, grumetes y remeros: ¡libres, tres veces libres, y esclavos, tres veces esclavos! Unos con sus coronas, otros con sus espadas, otros con sus garfios y otros con sus cadenas. Y todas las banderas y todos los estandartes alzados al aire, y sin que nadie respire.

Que sea al amanecer. Rosado el cielo, rosado el mar. Y allí en lo alto, en la cima de la roca, tenderme como la roja llama que se despega del fuego y se

[12] El rey lidio Candaulo escondió a Giges en el dormitorio de su mujer para que comprobara lo bella que era, suceso narrado por Heródoto (I, 7 y ss,).
[13] Quirón habitaba en el Pelión, no en el Pindo.

va a las alturas. Arrojar de mi cuerpo el velo, el manto y la túnica. Y después gritar con mi voz de contralto, que sale directa de mi corazón: del abismo.

— ¡Heme aquí! ¡La nacida de nereida[14]! ¡La nacida del Sol! ¡La Justicia! ¡La Victoria! ¡Éstige! ¡La Verdad! Hija de Zeus, Madre de la Luz. Aquí y por todas partes. ¡Hoy y mañana!

En los mil confines de Océano, que ciñe el Mundo Superior, y en los mil pliegues del Piriflegetonte, que ciñe el Mundo Inferior; más allá de la Fantasía y más allá de la Muerte. ¡Yo!

A Helena no la ha visto ninguno de vosotros. ¡La habéis moldeado con vuestros corazones y os habéis matado por una sombra[15]! A mí, que me veis ahora con vuestros propios ojos, vuestro corazón no podrá retenerme. Y vuestros ojos, de aquí en adelante, ¡llorarán para siempre!

Y entonces comenzarían las trompetas a azotar el aire; y las lanzas y las espadas, los escudos de bronce. Comenzarían las quillas a bramar, los mástiles a crujir, las jarcias a silbar. Y reyes, capitanes, guerreros, grumetes y remeros tres veces libres y tres veces esclavos, arrojarían sus coronas, sus espadas, sus garfios y sus cadenas ¡y saltarían como locos dentro de las falúas para ver quién conseguiría ser el primero en pillarme!

Y entonces, de pronto, bajaría de los cielos, silbando como una serpiente, una nube roja a cogerme en su regazo y a llevarme al Olimpo, como cogió a Gamínedes el Águila divina, con sus garras, y como a Céfalo Eos, con sus alas. Y allí, en el Olimpo, rico en bronce, que me esperen vestidos con sus trajes de gala los Doce Grandes Dioses. Solamente a unos Dioses les corresponde el ver una belleza tal.

Y cada mañana bajar a la tierra a bañarme en la fuente de Kánatos y volver a ser doncella, como Hera; Hera Teleia[16], ¡Hera la "Prometida"!

---

14 Las tradiciones más extendidas la hacen hija de una náyade.

15 Según una tradición Helena no fue raptada por Paris sino una imagen suya, mientras la verdadera Helena era transportada a Egipto.

16 "Esposa", uno de los epítetos de Hera.

Y ésta es la Penélope que se ve, Penélope la visible. La otra, que no se ve, Penélope la invisible (¡el mundo interior de su alma!), mil veces superior.

Desvarío y adivino como si tuviera fiebre.

Abajo relucía el mar como si fuera de esmalte. Voy a bajar. Por la puerta de atrás. Desde que vine por vez primera como recién casada a Ítaca, no he vuelto a bajar; entonces, cuando sentada en las algas me lamentaba acordándome de la patria, de mis hermanos, de mis padres, y lloraba.

El lugar está desierto. E inaccesible. Y prohibido a mortales. Solamente lo habitan Nereidas, aves marinas y focas. Y yo, cuando quiero.

El muro del palacio, alto y gris, se alza temeroso sobre el abismo. La puerta, tantos años cerrada, se ha oxidado. Cuando la empujé fue como si hubiera abierto la puerta de la Inmensidad. Respiré profundamente. Nada se movía. Todo petrificado: pinos, agua y aire, incluso las gaviotas que están suspendidas en lo alto, en el cielo. Y todo mudo, como si les hubieran cogido el habla las Nereidas.

Bajé los escalones de piedra, llenos de hierba y musgo. Pisaba ligeramente con mis delgadas sandalias la herrumbre de los tiempos, como el soplo del viento las puntas de los lirios. Y me dolían los pies. ¡Tan tiernos! Y en el silencio absoluto diría que oía andar a mi sombra. Y oía en el latido de mi corazón todas las generaciones de los hombres que han pasado, ¡y las de los dioses que quedan! ¡Toda la historia del mundo!

Me dirigí a la Cueva de Mármol. Los cangrejos me vieron y saltaron silbando al mar. Dentro de los puñados de piedra brillaba la sal acumulada como un alma. ¡Nadie! Sólo yo y los cuatro elementos…

Arrojé lejos mis sandalias y me quité de encima la túnica. Mis pies se quemaban en la arena ardiente; y el cuerpo me escocía apenas lo golpeó Helios. Me lancé enseguida al mar, y se llenó de perlas. Olía como una sandía cuando se la corta. Y me abrazó con tantas ganas como la madre a su hijo, ¿acaso no soy su hija? ¡Hija de Nereida!

¡Qué libertad y qué fuerza! Donde extendía las manos y mis ojos, ¡todo mío!

Fui nadando muy lejos, sin cansarme y sin hartarme. ¿Cuánto tiempo? ¿Cuántas horas? Cuando volví atrás jadeante y con los ojos deslumbrados y llenos de sal, sonreía como Danae, que se había quedado paralizada nadando en la lluvia dorada de Zeus...

Extendí mi túnica sobre las algas, a la sombra de la cueva, y me tendí boca arriba, con los brazos doblados bajo el cuello. Y poco a poco llegó y me roció los ojos con las lágrimas de la amapola el hijo de la Noche, Hipnos, el hermano gemelo de Tánatos. Me dormí...

Y entonces llegó el hijo de Afrodita[17] y me estrechó entre sus frescas alas. Me miraba dulcemente a los ojos y me hablaba tan suave que solamente en sueños puede uno escucharlo:

— ¡Durante años te he buscado y te he esperado! ¿Cómo has tardado en llegar? Este blando colchón de pétalos de rosa te lo he tendido yo para ti. ¡Y mira! Han parado de girar los cielos y de andar Crono. De nosotros dos surgirá en este momento el Esperado, que arrojará a Zeus del trono y subirá a Ítaca al Olimpo.

— ¡Sí! También yo te he esperado y te he buscado. Pero no sabía que eres tan irresistible. Y aunque soy la Prudencia y la Fidelidad, ahora me dejo en las alas del Dios del Amor, yo, la diosa de la Belleza... ¡Y tú nunca me dejarás!

— ¿Quién eres, negro y salvaje, con los ojos tan afilados como dientes y con los dientes tan brillantes como ojos? ¡Vete!...

— También yo soy esclavo. Me llamo Dédalo. Cretense y esclavo de generación en generación. Vengo a menudo con la bajamar (¡me da igual que esté prohibido!), saltando de piedra en piedra como una cabra, a esta

[17] Eros.

playa desierta de aquí, a por cangrejos, erizos y huevos de gaviotas. Difícil la entrada, pero rica la caza. Ahora te he encontrado. Eres mía. Los dioses te han traído para mí... Ningún hombre, ni siquiera un rey, podría despegarte de mi alma, ¡y de mis dientes!

Me senté a tu lado y esperaba a que te despertaras sola. ¡Eres diez veces más hermosa que Helena!

— ¡No que Helena! Grité con enfado.

— ¡Y que Penélope! Soy uno de sus pescadores. Te tomaré conmigo y te esconderé en mi cabaña. Dejaremos aquí, en la arena, tu túnica y tus sandalias. Cuando las encuentren, dirán que caíste al mar y te ahogaste, para librarte de tu dura esclavitud. Tantos y tantos antes que tú cayeron y se ahogaron o se colgaron de un árbol. Pero nadie te hará volver ni se preocupará mucho. Un esclavo se pierde, diez en su lugar traerá Ulises.

Pero yo te haré reina bajo mi techo de cañas (¡el cielo con las estrellas!) y sobre mi suelo lleno de boñigas (¡la tierra con las flores!). Más reina que la malvada Penélope, que tiraniza a Ítaca; tú me tiranizarás, como el ruiseñor al guardián en las noches primaverales, ¡cuando no le deja dormir!

Dormirás en las pieles más suaves y te alimentaré con la flor de la leche, las lágrimas de los panales, el caviar de las centollas, el hígado del sargo. Correré a los desfiladeros y escalaré por los precipicios para recogerte los aromas más tiernos, pimpinelas, cardillos y espárragos trigueros...

¿Cómo te llamas?

— ¡Equidna!

— ¡Soy un maestro en la caza y en el amaestramiento de serpientes! Las paredes llenas de pieles de serpiente con los colores más llamativos y adornos, como las espadas de Micenas[18]. Te regalaré la mejor, para que la

[18] Referencia a los adornos que pueden observarse en algunas de las espadas del tesoro micénico que se encuentran en el Museo Arqueológico Nacional de Atenas.

hagas tu cinturón, más poderoso que el "ceñidor" de Afrodita. Y a ti, mi dulce Víbora, te daré calor en mi cuerpo, como dan calor las amas de casa dentro de un saquito de tul a los huevos de gusanos de seda...

¡Vamos!

— ¡Vete! Y déjame que me vista, le grité con repugnancia.

— Yo te vestiré, mi pequeña.

Me prendió la túnica en el hombro y me ató las zapatillas en los tobillos. Entonces encontré tiempo para mirarlo. Un mocetón fuerte y osado. Apenas se perfilaba su bigote. Oscuro como las Leyes de la Creación. Su puño, cuando volvió a cogerme la mano, me quemaba la muñeca y me hacía daño.

— ¡Déjame, bestia!

Se rió y me apretó más fuerte. Le di una patada en el vientre y le escupí en los morros.

Entonces, dios mío, ¡qué fue aquello! Me arreó dos bofetadas que rodé por tierra. De mis ojos saltaron chispas...

¡Dios mío, qué torbellino!...

— ¡Te quiero! - murmuré.

Aborrecí a Ulises. Desperdició mis mejores años. Puede fanfarronear de ser el primero en todo. ¡El primer rey, el primero en los asedios a los castillos, el primer carpintero, el primer yuntero, el primer curtidor, el primer pastor, el primer mentiroso! Sin embargo, ¡el último hombre!... Recordádmelo. En Asia alcanzará gran gloria y se enriquecerá más que todos, pero será el único que no será amado. Le caerán muchas mujeres en el reparto del botín, incluso comprará muchas en los mercados de esclavos. ¡Pero no "conquistará" a ninguna!

Subiendo la escalinata, tres veces dichosa, me volví y le grité:

— ¡Mañana te mataré!

— ¡A la misma hora! ¡De la misma forma!

Un sueño agitado el de anoche. ¡Seguro que por el cabreo! Las mejillas me escocían. ¡Ah! ¡Me vengaré! ¿Cuándo va a amanecer? El sol en lo alto y yo abajo. ¡A la misma hora! ¡De otra forma!

Bajaría yo sola. Pero dejaría entornada la puertezuela y detrás cuatro escuderos espada en mano. Y apenas me acercara a él, lo abrazaría fuertemente (aquel me abrazaría y me apretaría mucho más fuerte) y entonces yo daría la señal con la campanilla de plata que tendría escondida en mi bolsillo… ¡Pero no te canses! ¡No va a volver! Todos son lo mismo. ¡Hablan y no cumplen!

Y sin embargo, aquel me esperaba. Y yo no había puesto escuderos en la puerta. Solamente había cogido la campanilla. ¿Para qué la cogí? Así, para que no me diga a mí misma que no mantuve en absoluto mi promesa.

Me esperaba con su juventud, con su hermosura y con la luz de la fortuna en el rostro. Y con una cesta de uvas cubierta con hojas de nogal.

Me abrazó como loco. Lo empujé y otra vez le escupí. ¡Me volvió a abofetear!… Y gemí y me enrosqué como la morena arponeada, cuando agoniza; e intentaba morderle el dedo, ¡para envenenarlo!

Tarde, con el atardecer, nos separamos.

Mientras yo subía las escaleras él me gritó riendo:

— Mañana te esperaré, para que me vuelvas a matar. ¡A la misma hora!

— ¡De verdad!

Bajé muchos días, diez… ¡quince!… Cada mediodía. Y le hice toda clase de infortunios. Pero aquel no me golpeaba ya. Me miraba bondadosamente y sonreía. Rápidamente me aburrí de él. Y un mediodía no bajé. No volvería a bajar más. Sin embargo, eso no me lo esperaba: ¡Subió él! Con su osada grosería no tuvo en cuenta nada. Subió la escalera y comenzó a golpear la puerta con un canto. ¡Para que se enteraran todos de lo nuestro!

¡Ah, con que así! Todo se acabaría hoy, ¡gusano!

Salí y de dije de forma estridente:

— ¡Avanza!

Quiso levantarme en sus manos.

— ¡Quita tus manos! ¡Avanza!

Lo dije tan duramente que hubiera temido hasta Cerbero, el guardián del Hades. Pero él sonreía.

Fuimos a la Cueva de Mármol. Y en el momento en el que había pegado sus ojos cerrados sobre mi rostro y tembló todo entero, como el vino en las copas cuando se entrechocan, saqué de mis cabellos el alfiler dorado que los sujetaba y contando las costillas de su lado izquierdo: primera, segunda, tercera, cuarta, quinta y sexta, se lo hundí, requetedorado, exactamente debajo del pezón del pecho, en su corazón, ¡cómo Edipo el alfiler de su mujer en las pupilas de sus ojos!

Una oscuridad profunda le cubrió. Y su último chillido no llegó a escucharlo. Rodó más allá. ¡Le colgué la campanilla dorada en el cuello como recuerdo! Y lo hubiera dejado allí para que se lo comieran los cangrejos y las gaviotas, pero sentí lástima por él. Lo arrastré por los pies y lo arrojé al agua. Y rogué a Poseidón:

— Sacude los cimientos de tu mar, hijo de Crono y de Rea, hermano de Zeus y de Plutón y hermano mío. Envía los vientos más salvajes y tus olas más enfurecidas. Que cojan a este niño y lo vayan a arrojar a las rocas de su patria, de Creta. ¡Libre ahora! Y baja su sombra al oscuro reino de tu hermano. Que lo siente junto a él como juez de los reyes. Los conoció mejor incluso que Éaco y que Radamantis.

Y mientras lo volteas de ola en ola y lo golpeas de piedra en piedra, la campanilla, que sonará, le recordará que lo que vale una muerte feliz ¡no lo valen mil vidas desdichadas!

¡Cógelo y envíame en su lugar a cincuenta!

¡Tenía humor para chistes!

CAPÍTULO V. «DIVIDE Y REINA»

Apretaron los fríos. Cuarenta días y cuarenta noches de lluvias. ¡Y llegó la tramontana! Olas como montañas golpean abajo en el Muelle y lanzan su espuma hasta mis ventanas y pegan sus algas en los cristales.

Y Ulises no ha vuelto. ¡El tercer año! ¡Y decía él que estaría de vuelta el primer otoño con los nuevos vinos!

Me preocupa.

En el palacio entró el orden y la sensatez. Pero, ¿y fuera? Me dicen que el pueblo pasa hambre. ¡Es el pueblo! Siempre pasa hambre... ¡Pero ahora también hay guerra! Y los príncipes de sangre y dinerillo encontraron la ocasión y levantaron cabeza. Y miran por echarme las culpas a mí. Ulises cogió al irse, dicen, la mayor parte de la cosecha y del ganado, cogió también todos los barcos y no tenemos los medios para traer nada de fuera. El siroco quemó la cosecha de este año y Penélope mira solamente por sus ahorros. ¿No es extranjera? ¡Junta para irse! Y nuestros "eternos" enemigos: los de Corfú, los de Morea, los de Rumelia, algún día pisarán nuestras islas para destrozarnos todo y cogernos hasta a nosotros como esclavos.

Sé lo que buscan. Pero me adelantaré al mal. Aunque no tenga ni la experiencia ni la astucia de Ulises.

Llamé a consejo al Arcipreste, al adivino Haliterses, a mi escribano Itifrón (¡también él es cura!), a Dolio y a Mirto. Y al viejo Laertes para hacer bulto. Le preguntas una cosa y te responde otra. Con un pie en la tumba. ¿Qué te va a aconsejar desde el otro mundo? Que esté.

Un día radiante, como de verano. Desde ayer envié por toda la isla a mis pregoneros con sus fuertes gargantas y sus altos bastones que tenían por pomo dos serpientes talladas en la madera[19]. Que llamaran para hoy por la mañana a la plaza del palacio a los aqueos de largos cabellos, pueblo y señores, para una reunión.

Apenas arrastró con sus rosados dedos las cortinas de satén de los cielos la hija de la Noche, la Aurora, comenzó a juntarse desde las callejas y las carreteras un gran número de personas. La mayoría se quedaba de pie y muchos se sentaban sobre poyos y pedruscos.

Había rodeado la plaza por los cuatro costados con escuderos y había diseminado entre la muchedumbre muchos infiltrados.

La gente se preguntaba uno al otro por qué y cómo después de tantos años que los tenía olvidados Ulises y que no les convocaba a asamblea, ¡ahora se acordaba de ellos su mujer! Recordó el pueblo que tenía el derecho de expresar su opinión en los asuntos serios, ¡y no que Ulises encendiera guerras sin preguntar a nadie! Unos conversaban acerca de sus trabajos, otros sobre sus enfermedades, y otros sobre su pobreza. Y otros no ocultaban que fueron a la reunión para pasarlo bomba (¡A la patria que le den! ¡Ellos que estén bien!). ¡A ver cómo una mujercita así de pequeña saldría adelante con tanta gente y como se las daría de gran hombre!

Sólo los grandes señores no hablaban. Porque vinieron de común acuerdo para aclarar, de una vez por todas, sus cuentas con la realeza.

Todo ello lo recogían con sus oídos mis infiltrados y venían dentro y me lo contaban. Pero lo sabía sin que me lo dijeran. Tenía un plan: separar a los señores del pueblo, hoy, y volverlos unos contra otros. Pasado mañana el plan cambiaría por sí solo. Los príncipes, cuando creciera el peligro del pueblo, vendrían conmigo. Contra el pueblo.

Y cuando sonaron los cuernos y las trompetas y se abrieron las broncíneas puertas bramando sobre sus gruesos goznes y me presenté con los hacheros, los soldados y mis consejeros, todo el bullicioso mar se silenció

[19] Alusión al caduceo de Hermes, dios de los mensajeros.

de una. Cuantos estaban sentados se levantaron erguidos, y cuantos estaban de pie se estiraban sobre sus uñas para verme mejor.

Me habían vestido y adornado, y me habían maquillado, ¿quiénes?, las tres sacerdotisas que visten, adornan y maquillan a la divina estatua de Afrodita. Y yo era más hermosa que ella, ¡y no un monigote!

Una túnica corta, color azul marino; peto, lanza, espada y casco, todo oro y plata. Bajo el casco llevaba el "velo de Leucótea". ¡Resplandecía como el mar por la noche, cuando corre sobre él, río de fuego, la redonda luna!

Todos me miraban con la boca abierta y con los ojos como platos. Como petrificados. Como si tuviera colgado en mi pecho la Gorgona de Atenea, la cabeza de Medusa con las serpientes.

Y cuando, golpeando en las losas con mi lanza, levanté mi pie derecho para traspasar el umbral, el pueblo se retiró e hizo sitio como hechizado.

Y cuando llegué a mi trono de marfil me detuve. Y entonces avanzaron dos sirvientas llevando la una a Telémaco de la mano y la otra a Argos de una cadena. Puse a Laertes que se sentara a mi derecha, en un trono más bajo, y a Telémaco a mi izquierda, sobre un escudo dorado; y Argos a mis pies, delante.

Yo miraba las uñas de mis pies pintadas con alheña, para que las miraran también los demás... Nada más sentarme, los infiltrados, vitoreando, gritaron con toda la fuerza de sus gargantas:

— ¡Dios guarde muchos años a nuestra reina!

Y el pueblo tomó la palabra que explosionó por los alrededores, como una tormenta de rayos y truenos que retumba de montaña a montaña.

Los señores callaban y se daban codazos. Estaban confundidos. No esperaban tanta grandeza y tanto valor en una mujercita así de pequeña.

Extendí mis esculturales brazos, desnudos hasta el sobaco, e hice una señal para que se callaran. Aún sin esto hubieran callado por la ansiedad por escuchar mi voz y mi cerebro por primera vez.

— ¡Nobles señores de sangre azul y antepasados divinos, por fuera vestidos a peso de oro, y por dentro llenos de alma; columnas purpúreas que sustentáis el trono y este os sustenta! Y tú, negro Pueblo, quemado bajo el sol y en la nevada, con las manos encallecidas y los anchos pechos: yunteros y jardineros, albañiles y carpinteros, marineros y pastores, carpinteros y escayolistas. Pueblo del esfuerzo y de la obediencia, que sin rey ni señores no podrías existir y que sin Ti, rey y señores no podrían embellecer tu vida con sus palacios, con sus amores, con sus carros, con sus lujos; no podrían preparar leyes que reafirman el orden y la humanidad; hacer guerras que glorifican la patria; y servir al Espíritu: ¡filosofía y poesía!…

¡Señores y Pueblo! Os he llamado para conoceros y que me conozcáis. De cerca. ¡Yo a mi Rebaño y vosotros a vuestra Pastora! Porque al irse Ulises, a mí (y golpeé con la palma en mi pecho dorado) me transmitió el cetro del poder. Aquí están las sagradas personalidades de los curas, los adivinos, mis escribientes, que os lo atestigüen. Yo a gobernar, los grandes señores a ayudarme, y el Pueblo a obedecer.

El cetro del Poder es también cetro de Temis. Y el juicio del rey, juicio de Zeus. No admite réplica. Defenderé el bien con toda mi bondad y castigaré el mal con toda mi maldad.

Sé que la cosecha se perdió y los pobres son desdichados. Han ocurrido algunos despropósitos. Han destrozado negocios; han robado huertos. ¡Esto no volverá a ocurrir!

El Pueblo la toma con los señores que tienen las bodegas llenas; y los señores con la realeza: con la guerra de Ulises, con el débil gobierno de una mujer. Que esto falte. Y nos preocuparemos juntos, reina, señores y Mi pueblo, de salvar a la patria.

Regalo al pueblo los campos reales del norte de la isla. Ahora que es invierno, que los roturen, los labren, los siembren. Y el próximo junio que sieguen y que trillen. Y vosotros, señores, repartid la mitad de vuestro trigo al pueblo. No como regalo. Os lo deberán y os lo pagarán el año que viene bien con dinero, bien con especias, bien con jornales. Y quien no pudiera o no quisiera, lo tomaréis como esclavo, de acuerdo con las leyes de los dioses y de los hombres.

Pero todos podrán y querrán. Porque el año que viene vendrá Ulises. Y traerá tanto botín que vivirán felices no una ni dos generaciones, sino doce. ¡Y hará de la pequeña Ítaca, la gran Ítaca!...

Habéis atemorizado a Mi pueblo vosotros, los grandes señores, con que pisarán nuestra isla los de Morea y los de Corfú... Pero los buenos valientes no esperan que llegue el mal, se anticipan. Mientras regresa Ulises el otoño, no nos mantengamos con las manos atadas. Hay tres potentes naves en Ítaca, de Eurímaco, de Antínoo (que está ausente) y de Leócrito. Que los pertrechen sus dueños, que embarquen capitanes y que caigan de repente sobre la Élide y que arramblen con cosechas, bestias y hombres. Así lo ordena la Naturaleza. El más fuerte y despierto que viva a costa de los débiles y amodorrados. Y después, cuando vuelvan atrás fuertes y honrados, con la bendición de los dioses (¡nosotros aquí realizaremos letanías!), cogerán lo mejor para sí mismos y venderán barato el resto al pueblo.

Y ahora doy la palabra al sabio y honorable anciano Haliterses, el héroe primero entre los adivinos, que conversa con los dioses y entiende el canto de los pájaros, el susurro de las hojas, el crujir de las aguas y el bramido de los rayos.

Y entonces se adelantó con su barba plateada, con sus cabellos plateados, con su larga túnica blanca y con su bastón de olivo en sus huesudas manos, Haliterses. Cerrando los ojos y mirando solamente en su interior, habló con voz callada y palabra por palabra, como si leyera su discurso escrito en una placa, detrás de su frente, como yo se lo había escrito:

— Hombres de Ítaca, de Cefalonia, de Santa Maura, de Rumelia y de Zante, pueblo elegido, tres veces amado por la Fortuna y la Gloria, por la

Gloria de tener como rey vuestro a Ulises; por la Fortuna de tener como reina vuestra a Penélope. Escuchadme bien y tomároslo en serio.

Anteayer, cuando sacrificaba en el altar de Apolo en Filiatro, y en el momento que hundía el cuchillo sagrado en la garganta de la víctima, sucedió el milagro: un águila dorada se precipitó ante mí y comenzó a dibujar círculos cada vez más bajos y cerrados alrededor de mi cabeza. Y con sus graznidos me invitaba a acompañarla.

Dejé la víctima que agonizara y fui tras ella. Ella delante y yo detrás, bajamos a la playa. Allí la perdí. Y mientras miraba deslumbrado a lo alto el cielo para encontrarla, una dulce voz surgió desde dentro del mar: «¡Aquí!»

Me volví y la vi. Una sirena. Casi delante de mí. Sus pechos brillaban fuera del agua, como dos membrillos de bronce. Su belleza me mareó.

«¡Sabio Haliterses, primer adivino entre los adivinos, te habla la Ninfa Leucótea, hija de Cadmo, la Salvadora y la Serpiente Marina!

Has de saber que Ulises y sus barcos, así como todos los generales de Grecia, llegaron a Troya fuertes y cantando y tomaron la fortaleza cantando. La tomaron con el talento y la sabiduría de Ulises. La ciudad fue saqueada a lo largo y a lo ancho a fuego y espada. Montañas de botín y rebaños de esclavos, pueblo y príncipes. Los primeros de los aqueos y los combatientes más segundones no tienen dónde ponerlos y cómo transportar hasta aquí las montañas y los rebaños.

Las naves se llenaron hasta los topes, cubiertas y bodegas. Y ahora construyen nuevas embarcaciones (lanchas). Por eso tardan en volver. Ulises, de las veinticuatro que tenía, las ha hecho cuarenta y aún así no le bastan.

En unos cuantos meses, en el verano, cuando el mar mejore, estarán todos de regreso a la patria. Y el gran cabecilla, Ulises, recompensará generosamente a los súbditos fieles, señores y pueblo, y castigará duramente a los infieles, pueblo y señores.

Se lo dirás todo esto a la reina, su digna consorte, mi hermana, hija de Nereida.

¡Ten! Coge este velo mío para dárselo a Penélope. ¡Cuando lo lleve pensará como un dios!»

(Me quité, entonces, el yelmo y mostré el velo de Leucótea. Los infiltrados y gran parte del pueblo hicieron saltar el mundo con sus alegres voces. Y cuando se hizo el silencio continuó el adivino):

— Y después, tierra y mar se hundieron en un silencio musical. Y la hermosísima ninfa desapareció. En su lugar no quedó nada salvo un cerco luminoso, como si fuera aceite derramado.

Y cuando volví reflexivo a mi altar, encontré a la víctima viva, balando y bailando…

Dijo, y se retiró detrás de mí. Entonces, durante bastante tiempo, nadie habló. La mayor parte del pueblo, ingenuo, creía el milagro. Sin embargo, a los príncipes no les pareció bien. Y el más descarado, el más granuja de todos, Eurímaco, hijo de Pólibo, tomó la palabra:

— Adivino astuto y bribón. Mejor harías en ir a tu casa a encerrarte (y contar a tus hijos, no vaya a ser que te falte alguno), en vez de que te traigan aquí a parlotear cuanto otros han concertado contigo.

Nosotros, aquí, no hemos venido a saber nada nuevo, ni de la reina, ni de ti. Porque sabemos la única verdad, que Ulises no regresará de nuevo, como no ha regresado ningún otro, ¡y el tercer año ya está entrado!

¡Fueron a perseguir el honor de una deshonesta! ¡La Nada! Los que éramos sensatos no dejamos la tierra que nos engendró, para salvar lo poco que nos quedaba, cuando los demás lo perdían todo. Y ahora en nosotros recae el gran deber de preocuparnos por la patria. No puede mangonearnos una mujer, largos cabellos y corto entendimiento. ¡Y además tan joven! Y he aquí donde hemos acabado: en la anarquía.

¡Veis a nuestra encantadora soberana! ¡Cómo se vistió y se maquilló, cómo una actriz! A las mujeres les preocupa más que les digas hermosas que ser sensatas.

Ya que, entonces, se perdió Ulises, no debe perderse también el reino. Puede que sea hermosa, ¡y mucho, desde luego! Pero los reinos no se gobiernan con el colorete, sino con la fusta. Entonces, debe suceder una de dos: o que escoja a alguno de nosotros los señores, para que ella tenga su marido y el pueblo su mando, o que se vaya. ¡Antes de que sea muy tarde!

Entonces tenías que ver a Argos, mi divino perro-lobo, que se entera de todo como un humano ¡y sólo le falta hablar! Aulló temible y saltó abajo. Mostró sus afilados dientes a Eurímaco. Y después se echó hacia atrás para dar un salto para destrozarlo. Sin embargo yo le sujeté por el collar y le dije a grandes voces, para que lo escucharan todos:

— Siéntate, mi fiel camarada. Cuando ladran los perros callejeros ¡no debes olvidar que eres un perro real!

Imperturbable el hijo de Pólibo continuó:

— Este año nuestra cosecha se ha perdido. Está claro que están enfadados con nosotros los dioses: Poseidón, Apolo, Afrodita ¡y el mismo dios de las guerras, Ares!, que defienden a los troyanos y combaten junto a ellos contra los aqueos. Y por ello no nos han enviado la lluvia. Las nubes, nada más juntarse en nuestras playas, daban media vuelta y se iban. Este año no hemos cosechado ni la mitad de la mies anual. Y nuestro "difunto" nos cogió, al irse, casi todo nuestro trigo.

Y ahora nos pones a nosotros a pagar sus errores. ¿Cómo vamos a dar la mitad de la mitad a los demás si no basta para nosotros ni para los nuestros? ¿Y cómo vamos a apoyarnos en las chorradas de una mujer fantasiosa y a privarnos de aquello que tenemos para esperar lo que no vendrá? ¿Y quién nos asegura que este año los dioses van a dejar de estar enfadados y no volverán a quemar peor nuestros sembrados?

Es necesario que los aplaquemos. Y el único que debe sacrificarse eres tú, mujer del culpable. No digo que te degollemos, como Agamenón a Ifigenia en el altar de Ártemis, ¡sino que te des con honores y flautines al altar del Himeneo! Como si dijéramos, no te sacrificarás tú, sino aquel que te tome. Porque no solamente tomará tu belleza y tu juventud, ¡sino también las grandes responsabilidades del Estado!

Eres dadivosa con el grano ajeno. En vez de regalar tierra baldía, todo cantos rodados y encinas, mejor harías en abrir tus propios graneros y rediles, y repartir entre los hambrientos cuanto nos robaba todo el tiempo tu niño mimado y tú lo amontonabas y ahora te sientas encima y lo incubas.

Tienes doce graneros llenos de trigo y otras tantas bodegas llenas de aceite. Tienes doce rebaños de vacas, cada uno con cincuenta cabezas. Tienes doce rebaños de cabras y ovejas, cada uno con doscientas cabezas. Tienes otros tantos rebaños de cerdos (hembras solamente, aparte los machos) y cada rebaño de cincuenta hembras con diez pequeños por cada hembra. ¿Qué harás con todo esto? Dáselo a los pobres, ya que, como dices, te traerá Ulises ¡mil veces otro tanto!

Y para que te hagas a la idea: quien se atreva a meter sus manazas en lo que se tiene de nuestros antepasados le van a escocer a base de bien.

Sí, hija de Icario y de la nereida Peribea[20], sobrina del rey de Esparta, Tindáreo, y prima de la infiel Helena... No olvides que eres extranjera en lugar extranjero[21]. Y si te encuentras todavía en Ítaca, a nosotros nos lo debes, a los señores, ¡y no al pueblo!

Lo esperaba y por eso no me sorprendió. Sonriendo, le respondí muy serena:

— ¡Hijo maleducado de Pólibo! Lástima que el gran Ulises te meciera de pequeño en sus rodillas. Deberías tener más pundonor y menos lengua. Pundonor no puedo darte (¡debías tenerlo!), pero la lengua puedo cortártela. ¡El pueblo está conmigo!

Y entonces, a su hora, empujando a la muchedumbre, salió ante nosotros un andrajoso y desgraciado que daba pena (Melantio, el hijo de Dolio, ¡un infiltrado!):

---

20 Era una náyade en vez de una nereida.

21 Recuerda la procedencia extranjera de la familia real griega.

— Soy pescador, con perdón, hijo de pescador, peón y bracero de padre a hijo… No sé ni leer ni escribir, ni siquiera el alfabeto… Hasta he olvidado cómo dirigirme bien a alguien. Hace años que vivo en las rocas solo y no guipo a ningún hombre. No charlo con nadie, a no ser con mi barca, con mi hacha, con mis redes, con los pulpos y conmigo mismo.

¡Lo que sé nadie me lo ha enseñado! Dios y la Naturaleza. Entonces no son mentiras ni yerros. Leyes eternas y verdades eternas… Sé, pues, cómo a Ítaca la hicieron los dioses y la entregaron a nuestros reyes. A nosotros no nos dan la palabra… Puede que lleve andrajos, que también sea yo un andrajo, pero sé que mientras existan nuestros reyes por la gracia de Dios, existirá también Ítaca y yo. ¡Yo, el pueblo!

Por esto (os hablan los Dioses y la Naturaleza) no dejaremos que nadie roce el sagrado rostro de nuestra reina. Metéroslo en vuestra sesera…

Los señores se movieron para pegarle. Pero lo habían rodeado otros infiltrados, que empezaron a pegar gritos y montaron un buen follón.

— ¡Bien dicho!

Y con ellos gritó también gran parte del pueblo.

— ¡Lo mismo decimos también nosotros!

Puede que apesten sus alientos, que corra el pus en sus granos y que paseen los piojos por su cuello. ¡Pero en su interior son limpios, inocentes y honrados!…

— ¡Viva nuestra Señora y Madre por muchos años! Cuando nos necesites, ¡aquí estamos! Písanos en la nuca y córtanos la garganta para bendecirnos. Así nos gusta. ¿Lo oyes, Eurímaco, guapetón?

La cosa iba bien. Pero uno que no estaba invitado nos estropeó el «programa». Uno bajo, calvo y renegrido. Y torcido de hombros. Yo pensaba que se pondría de mi parte. Los señores de la suya. Pero he aquí lo que nos dijo aquel engendro:

— Os hemos escuchado, reina y señores. Todos habláis por vuestro interés. Pero este de aquí (y señaló a Melantio) ¿cómo habló por cuenta del pueblo cuando es un canalla vendido? Lo conozco. No es un pescador. Es un soplón. ¡Muchas veces hasta ahora me ha pegado y me ha torturado en las mazmorras de su Majestad! Y él mismo me rompió una vez la paletilla y desde entonces voy torcido de hombros. Se llama Melantio. Es hijo de su consejero Dolio. Es, pues, un infiltrado. Y todos estos hoy trabajan con un poderoso y mañana con otro más poderoso. El que más les pague. Te traicionará también a ti, Señora del pueblo, como hoy traiciona al pueblo. Y si sucede que algún día regresa Ulises, este de aquí le clavará el puñal por la espalda, porque por entonces lo habrán comprado los grandes señores, los Eurímacos.

Los grandes señores se partieron de risa.

— ¡Chitón también vosotros! Les gritó poniéndose rojo el torcido de hombros. Perro blanco, perro negro, todos vosotros sois perros. Por vosotros y por el rey nos molemos en el trabajo y no comemos; enfermamos, para que engordéis vosotros; nos matamos en las guerras, las ganancias para vosotros, ¡la tumba del soldado desconocido para nosotros! Nos debéis, no pagáis; os debemos, nos cogéis como esclavos. Nos vaciáis la sangre de las venas ¡y nos llenáis de dioses y de ideas! Oscuridad en el alma y en el espíritu, y en la práctica. Todo lo pesado lo levantamos nosotros sobre nuestras espaldas y vosotros solamente la copa, repanchingados sobre cojines. Y montáis juergas con las vuestras, las aburridas, con las nuestras, las inexpertas, ¡y con otras, las expertas que os traen de lugares extranjeros los curas de Afrodita!

Y, sin embargo, todo esto que abarca el ojo y el pensamiento del hombre es nuestro: campos, huertos, barcos, palacios y templos. Nosotros los hemos construido. Y nosotros tenemos que cogerlos. ¡Los robados, de los que roban!

Los primeros señores de nuestras islas, los telebeos, eran unos ladrones. A estos los expulsó un ladrón peor, el hijo de Céfalo y de Arcuda, Arcisio, el padre de Laertes y fundó la dinastía de los Odiseidas. El padre de la madre de Ulises, Autólico, había aprendido el arte del robo de su papá Hermes, el archiladrón. Y sobrepasó incluso a su divino maestro y a Sísifo, rey de Corinto, que dominaba el estrecho y desvalijaba y mataba a los pasajeros. Lo que Autólico tomaba en sus manos se volvía invisible (¡esto ni Hermes lo podía hacer!).

El que no queramos amos ladrones es por decir algo. El que os arañemos con nuestras manos, eso debéis temer. Nosotros que construimos nuestro lugar, nosotros nos convertiremos en sus señores. Pedimos tomar nosotros solos nuestro derecho y nuestra libertad, lo que quiere decir, el poder.

No admitimos que nos deis como limosna un poco de terreno baldío y un poco de trigo. Tomaremos toda la tierra y todo el trigo. Y nosotros, entonces, os daremos vuestra parte, igual que la nuestra, basta con que trabajéis como nosotros. Y entonces nuestro país se llenará de tantas maravillas que no necesitaremos ya ni el Olimpo, ni la vida futura ni a Femio…

Se produjo una gran conmoción.

Guardias y señores cayeron sobre él para destrozar al ateo. ¡Y gran parte del pueblo! El pueblo inocente.

Di orden de que las trompetas mandaran silencio. Y entonces pregunté:

— ¿Quién es este loco?

— Tersites se llama, me sopló Dolio al oído. No es del lugar. ¡Quién sabe de dónde procede! ¡Será un espía extranjero! Lo meten continuamente en la cárcel y él no sienta cabeza.

— Que lo vuelvan a meter. Y allí dadle doscientos latigazos por mí y otros tantos a favor del pueblo.

Los guardias que lo cogieron comenzaron a golpearle *in situ*. No se lo impedí. Al buen perro pastor, que hace pedazos al caminante incauto, y al guardia fiel, que pega al mal ciudadano, no hay que pararles los pies. ¡Se les va la casta! Y pierden las ganas de destrozar y de pegar.

Pero Tersites, se las tragaba tanto como chillaba.

— Ponedle una denuncia por alteración del orden. Otra por injurias a mi sagrada persona. Otra por incitación al motín. Otra por resistencia a la autoridad. Otra por colaboración con el enemigo. Otra por ataque a la religión. Otra por... preguntadles a los cadíes, os encontrarán miles. Así se quedará «dentro» toda su vida. Y si vive, entonces arrojadlo a un islote para que se convierta en rey entre las piedras y los lagartos, ya que lo pide. Sólo cuidado con que no se os escape. Entonces cogeréis a su madre, a su padre, a su pequeño, lo que tenga. Y si no tiene, cogeréis a su primer vecino al azar. Ellos lo pagarán. ¡La diosa Justicia quiere su víctima y no pregunta por su cara!

La campana de la Catedral sonó al mediodía. Pasó el tiempo y el «programa» no había acabado.

Volviéndome pues a Eurímaco, continué mi plática.

— Hijo de Pólibo, si tuvieras amor propio te irías a guerrear junto con tu rey y con los otros valientes por el honor de Grecia. Los fuertes, cuantos podían hacer uso de la espada y la lanza, fueron. Sólo viejos, mujeres, niños e incapacitados se quedaron y cuanta gente del pueblo se necesita para trabajar nuestros campos y nuestros huertos, para cuidar nuestros rebaños, para cortar la leña, para cocer ladrillos. Tú eres fuerte, hermoso y joven. Pero preferiste los almohadones de plumas en vez de la sangre.

El trigo lo darás. Yo lo ordeno. Y sabes que toda la tierra y cuanto hay por abajo y por arriba de ella, casas y hombres, todo es del rey. Lo que vas a dar, de lo mío vas a dar. Podría cogértelo de una a la fuerza. Pero enviaré por la mañana a mi guardia para que te protejan, no vayan a cogértelo todo... ¡los Tersites!...

Y tú, pueblo mío, no te vayas. Muchos habéis hecho tanto camino para venir y haréis otro tanto para volver. Tengo que daros gusto. Dentro del patio del palacio criados y esclavos asan diez terneras y veinte gorrinos en el espetón. Entrad dentro. Y mis criadas y las esclavas os invitarán hasta que digáis: «¡basta!». Y cuando regrese vuestro rey, esto sucederá cada tanto tiempo...

Y a ti, hijo de Pólibo, y a los demás grandes señores que encontrasteis la «ocasión» de repartiros el reino y convertiros cada uno de vosotros en monarca soberano en su finca, manifiesto fuerte y claro: tengo dentro del palacio el triple de ejército de lo que acostumbraba Ulises. Por eso no doy mi propio trigo. Me es necesario para alimentarlos. Para defender al pueblo y a vosotros. Visteis lo que os dijo hace un momento un loco Tersites. Si esto mismo lo dicen pasado mañana mil Tersites sensatos, estáis perdidos vosotros y también yo. Y lo que os digo no lo dice la boca de una mujer, aunque sea de origen divino y reina. Lo dice esto: ¡el velo de la sirena Leucótea! (Lo levanté de mi cabeza y lo sacudí alto en el aire).

En el mismo momento se oyeron voces y carreras en el patio. Criados y esclavos salieron fuera chillando.

— ¡Que viene! Quitaros del medio…

— ¿Quién viene? Pregunté.

— ¡Ulises!

Como si se hubiese prendido fuego en la plaza. Todos corrían. El pueblo para ver, los príncipes para huir.

Era «Ulises» el jabalí, que había roto su puerta y salió por pies enloquecido, y helo ahí que irrumpía fuerte e inmortal, como un dios, por la Puerta grande…

Nos reímos mucho.

CAPÍTULO VI. HERMES

Elevé primero dos codos los muros del palacio – castillo. Y levanté en las cuatro esquinas cuatro atalayas, aparte de las dos del pórtico. Y dentro, guardias noche y día. Reforcé también la guarnición del castillo. Los hice trescientos. Y con frecuencia los pongo a hacer gimnasia en la plaza, para que los vean el pueblo y los príncipes...

Pero no basta con que nos teman. También nos tienen que amar, el pueblo quiero decir, que es engañado. Di orden a la escuela, a la iglesia y a los poetas de que cantaran himnos diariamente a la sagrada institución de la realeza, que cultivaran el miedo a dios y que atrajeran la atención de los pobres lejos de la vida, a lo celestial: ¡a la muerte!

Haré al país que se imagine como un palacio de cuento. Las leyes los cimientos y los dioses el techo. Y dentro, como único habitante, yo; todo el resto sombras. Pero no abriré ninguna ventana. Ni una rendija. Para que no entre la luz desde ninguna parte. El mayor enemigo del poder de Uno es la luz de muchos.

Los príncipes lo han comprendido ya, que me esfuerzo por ellos; que su enemigo no es la realeza, sino el pueblo. El pueblo que despierta y se agita.

Me enviaron a Anfínomo, el hijo de Niso, a Pisandro, hijo de Políctor y a Agelao, hijo de Damástor, para hacer las paces. Repartieron el trigo al pueblo – uno dieron, diez cogerán. Eurímaco y algunos otros se hacen todavía los difíciles. Esperan... ¿Pero dónde van a ir? Al final vendrán también ellos con nosotros.

Pero ni yo tengo confianza en los señores ni ellos en mí. Sin embargo, mientras falte Ulises y tenga hambre el pueblo, y los Tersites lo subleven, nos unirá el peligro común más fuertemente.

Tuvo éxito el corso por los pueblos de Gastouni. Nuestros barcos corsarios trajeron abundantes cosas. Los capitanes se quedaron lo mejor y vendieron la mayor parte a los pobres. Barato; es decir, a doble precio, ¡por causa de la guerra!…

Preparo también otra salida patriótica hacia la costa del Epiro. Quizás vaya también yo…

He aquí cómo se sucedió el milagro del hijo de Maya (de la estrella más grande de las Pléyades), de Hermes, el Pastor, el Ladrón y el Embustero, el Disoluto y el Psicopompo[22].

¿Lo escribo? ¿Qué le parecerá a Ulises cuando lo lea? ¡Bah! Honor. El hijo de Maya era el padre de su abuelo.

Pero aunque no fuera su antepasado, aun así, honor mío el que me ame un dios. Los dioses van con diosas, con ninfas, con nereidas y con reinas, sólo griegas. No van con golfas ni con extranjeras. Así se multiplica su estirpe en la tierra y de estos salen los superhombres «pastores de los pueblos».

Estaba sentada en el balcón un día a media tarde. Hace un mes ya. Y con el hilo de seda, con el bulbul, con el galón dorado y las lentejuelas, bordaba en un chal de seda el cielo con las estrellas y la tierra con las flores. Escuché abajo una voz extraña. Un joven buhonero pasaba por enfrente. Un rostro tostado, pelo rizado, y ojos negros.

Dentro de una cesta colgada a su cuello, vendía cosas de todo tipo: echarpes transparentes, encajes finos como una telaraña, cinturones de piel de serpiente, broches de marfil, imperdibles de oro y gemas; y un montón de pociones, aromas, pomadas y plantas medicinales.

No aguanté. Le llamé arriba e hice una señal a la guardia para que lo dejaran. De cerca parecía más exótico y sus ojos quemaban mucho más. ¿Y su habla? Sonaba profundamente en mi interior como un eco de otro

---

22 Acompañaba a las almas de los muertos al Hades.

mundo. ¡Un griego así no lo había escuchado nunca! Conozco a los griegos desde las Columnas de Hércules hasta el Nilo y el Borístenes. No se parecía su habla a la de ninguno.

— ¿De dónde eres, paisano?

— ¡De todas partes!... He dado la vuelta al Océano, que circunda el Mundo Superior. Hablo todas las lenguas de todos los pueblos, ¡y de los dioses! ¡Y dónde no he ido! De Babilonia a Menfis, más allá de la región de las Cataratas, allí donde nace el Nilo, en el país de los etíopes, «los últimos de los hombres»[23], donde a menudo baja Apolo y se corre una juerga con ellos. Una noche lo vi, borracho como una cuba, cantando y bailando el jasápiko[24]; y lo vi porque la oscuridad de la noche brillaba como el sol del día.

Fui más abajo, a países donde cada guijarro es un diamante y cada hierba almizcle. Allí los pájaros hablan como los hombres; los peces cantan como pájaros, los caballos tienen cuernos y los bueyes no tienen. Allí la miel corre como un río desde los cachopos de los árboles; y fuentes de leche juntan su nata en grandes lagos. Y cuanto más avanzas hacia el Sur, tanto más se alargan los días y se acortan las noches, hasta que llegas a un punto en el que el sol nunca se pone. Allí ya no existe ni el tiempo ni la muerte. Cada uno de los bienaventurados de este país es tan viejo, que ante ellos Crono parece un bebé; y tan sabelotodo y sabio, que ante ellos los dioses parecen pueblo.

Volví desde la otra parte del Océano, por el Oeste y el Norte, y pasando por debajo de las piernas de Atlas, que sujeta el cielo en su hombro, volví de nuevo a nuestro mundo, el pequeño y falso, el mundo de la degradación, de la muerte y de las lágrimas...

Hablaba y hablaba... Y yo lo escuchaba como hechizada, con los ojos semicerrados, como el fatigado Perseo, que habiendo matado a Medusa,

---

[23] Estrabón, I, 4, 5.

[24] Baile griego típico de las tabernas.

se tiende al mediodía debajo de una encina y poco a poco se sumerge en el sueño, contento de la vida, con la espada ensangrentada en su mano…

No sé por cuánto tiempo lo escuché. Y ni recuerdo cuanto me dijo.

Cuando volví en mí, se ponía el astro del día. Fruncí las cejas y compré algunas pomadas y alfileres. Y aquel, rozando la punta de mi dedo meñique con su uña, me dijo suavemente:

— Tengo una hierba mágica de Proteo. Con ella el viejo dios marino se convierte en pez, alga, agua, fuego y en lo que quiera. La encontró cierta vez en la Atlántida, en la profundidad mayor de Océano, dentro de la cueva, toda de plata, de sus hijas[25].

Del genio marino y padre robó una raíz su hija única Idótea, y me la dio una noche en la que yo había naufragado en una de las tres bocas del Nilo. Y me enseñó la manera de utilizarla… No la vendo.

— ¿Ni a mí?

— A ti te la regalo. Te echarás en la cama y masticarás una hoja. Y el hombre que pongas en tu mente te lo traerá. Incluso a un dios.

— ¿Incluso a Hermes?

— ¡Incluso a Hermes! Pero debe ser pasada la medianoche y que tengas las ventanas abiertas.

No lo creí. Y no dejé las ventanas abiertas… ¡Las olvidé abiertas!… Y colgué por terquedad una escala de cuerda por la reja del balcón que da al jardín.

En lo que llegaba la medianoche no me tenía en el sitio. Estaba muy nerviosa. Me bañé y me unté con los aceites más valiosos. Y me tendí en la cama con la hierba en la mano. Vi frente a mí las ventanas y la puerta del balcón abiertas y pensé cerrarlas. Más tarde. ¡Hacía tanto calor y quería aire!

No pasaba el tiempo. Y mi corazón latía de cuando en cuando más fuerte. La hierba me quemaba los dedos. No aguantaba más y me levanté

[25] Las Oceánides.

y mojé mis labios con vino. Al principio de cuando en cuando un poco y después con más frecuencia y más cantidad. Bebí y yo no sé cuánto. Me había mareado.

Y cuando cantó en las altas ramas del álamo el autillo, y subió tres cañas el collar de las Pléyades, metí en mi boca una hoja y murmuré tan suavemente que no escuché mi voz:

— Hijo de Zeus y de Maya, glorioso antepasado de Ulises…

No llegué a decir ninguna otra cosa y se presentó en el balcón su divina belleza. Cerré los ojos. No gobernaba ni mi cuerpo ni mi pensamiento, ni mi respiración. Sentí su presencia y su fuerza sin verlo. Hasta la rosada aurora. Entonces abrí los ojos. Era el buhonero.

— Sí, prefiero tomar la forma de hombre… Vuelve a cerrar tus ojos.

Y frotó suavemente su dedo pulgar sobre mis párpados temblorosos.

— ¡Ábrelos ahora!

Era el mismo Hermes. Pero no lo veía. Veía sólo una luz que me dañaba…

— Vuelve a convertirte en buhonero, le susurré. No puedo…

— Y ahora, adiós, tres veces amada.

— Te retendré en el palacio.

— Me escaparé como aire por las ventanas.

— Entonces, mañana…

— ¡No! Pasado mañana. Cada dos días: martes, jueves, sábado.

— ¿Y los otros días?

— Tengo consejo con los grandes Dioses en el Olimpo.

Pasó un mes… Pero ahora hace cinco días que no ha vuelto a aparecer. Envié a Dolio y a Melantio a la ciudad y a los pueblos a que lo encontraran. ¡Por ninguna parte!…

Ayer lo encontraron asesinado en Mala Mar.

Se acabó también la hierba mágica. Estoy afligida hasta morir. Y he caído enferma en la cama.

A Mirto, que me cuidaba, le confesé mi secreto. No se asombró en absoluto. Sólo me preguntó:

— ¿Cuándo venía contigo?

— Martes, jueves y sábado.

— Lunes, miércoles, viernes y domingos se venía conmigo.

¡Una vez de más a la semana con mi esclava!

CAPÍTULO VII. ANTÍNOO

¡He aquí que hacía falta hasta la gimnasia! Aprendía con la espada para no aburrirme y para no engordar, para que no rebosaran mis curvas y que no se aflojara la elasticidad de mi cuerpo; y para adquirir espíritu y valor varonil. No se me pasaba por la cabeza que además habría de batirme.

Hace diez días me despertaron muy temprano trompetas y voces de la parte del Malecón y zuecos con tachuelas que corrían hacia el mar.

Subí a la solana para ver. Una fragata con velas rojas se hinchaba, como un pavo, junto al embarcadero. Acababa de fondear. De la cubierta saltaban soldados armados, como en guerra. Una treintena. ¡Como si fueran muchos! ¡Y sin mi permiso!

Por último bajó por el tablón paso a paso, como una novia, un corcel blanquísimo como el jazmín, con bridas doradas, con silla de terciopelo ¡y con las uñas pintadas de amarillo con azafrán! Nada más pisar en la arena no podían con él cuatro hombres. Relinchaba enfadado y se alzaba completamente sobre sus ancas, hasta que saltó sobre él y lo apretó fuertemente entre sus piernas, ¿quién? ¡Antínoo! El príncipe más rico y más hermoso del reino. ¡Pero también el más tonto! ¿Qué busca viniendo y más con hombres armados?

Gran parte del pueblo se había juntado en el puerto y se quedaba embobada. Y admiraba al Mesías. Y cuando salió el guaperas hacia la ciudad como un conquistador, todos le gritaban:

— A ti te queremos, hijo de Eupites. Bienvenido, orgullo de nuestra isla. ¡Esperanza del pueblo!

Y alguien gritó:

— ¡Que viva nuestro rey!

¡Vaya!

Vino para rey entonces, con el método del novio. Con su hermosura y sus riquezas. ¡Pero también con su espada! ¡Así lo quiere! ¡Un beso, un guantazo!... ¡Pero sus bravatas las lleva sólo por fuera! Pura fachada.

Cuando Ulises reunía valientes para la guerra, este de aquí se escaqueó y fue a esconderse en su finca, en Cefalonia, como también Eurímaco fue y se metió bajo las faldas de su madre. Y una vez que salvaron su pellejo y se reducía del todo el peligro del regreso del rey, resurgieron fresquísimos al mercado. ¡Y pidieron casarse con el trono! ¡Que les entregara el reino con todos sus tesoros y al mismo tiempo a mí misma, el tesoro de los tesoros y el reino de los reinos!...

A este nuevo lo voy a trabajar bien. Y no le dejaré que se mezcle con el otro, al contrario, ¡como si lo tiznara tanto que durante toda su vida tenga que raspar su jeta con papel de lija y no le salga el hollín!

Bajé deprisa de la solana y envié a Dolio con diez escuderos del palacio a que los pararan a todos en la plaza.

Allí Dolio ofreció a Antínoo como bienvenida, de mi parte, dentro de una bandeja de plata, pan y sal y le dijo que yo le esperaba en el palacio para hospedarlo mientras se preparaba el suyo propio.

¡Otra cosa no la quisiera! Retorció su bigotito, sonrió y cambió de rumbo.

Se abrieron enseguida las puertas y entró dentro a caballo con sus soldados.

Mis dos fieles criadas, Mirto y Crisanci, lo recibieron y lo llevaron al baño. Dolio recibió al corcel y lo envió al establo, y los soldados a la caserna.

En el baño lo esperaba también yo. Lo saludé primero, y después, como es costumbre, lo bañé con mis manos, sin volverle a hablar y sin dejarle abrir la boca ¡ni sus ojos! Lo froté bien con arcilla, lo raspé con el raspador de plata, lo enjuagué con agua humeante y después lo unté con aceite aromático, lo vestí con una túnica nueva y lo tendí en un diván blando para que descansara.

Al irme le di dos llaves:

— Esta de tu habitación y esta otra de la mía: el honor y la muerte. Con la primera irás por la noche a reposar; con la segunda entrarás en la noche eterna, que no tiene despertar. Al pasar por fuera la dejarás en el umbral. Quien se atreva a pasar (y nadie ha pasado todavía) no sale por sus propios pies.

Las metí las dos en su bolsillo y no dijo nada. Se quedó frío. ¡Lo puse a escuadra!

Ya muy entrada la tarde nos sentamos en la mesa solos nosotros dos, frente a frente. Bebía él, bebía también yo. Él dudaba. Afuera, en el patio, sus valientes comían y bebían también ellos con mi guardia. Y cuando estuvieron de buen humor provocaban a los míos.

— ¡Por el buen casamiento!

Nosotros dos, en la sala, comíamos sin hablar. Cuando el pequeño hacía por empezar la conversación alguna vez, le paraba los pies.

— ¡Yo preguntaré y tu responderás! ¿Qué has venido a hacer a Ítaca?

— A casarme contigo. Ya que no quieres a los demás (¡con razón!), me tomarás a mí, ¡que soy el mejor de todos!

— Eso te imaginas. Rápidamente vas a comprender que el mejor hombre soy yo. Por eso no busco marido, busco servidores. Te he invitado al palacio para que seas amigo y que no vayas y te las compongas con ese otro, el desvergonzado, el hijo de Pólibo. Esto es lo que te interesa. Como amigo ganarás mucho, como novio (enemigo), lo perderás todo. ¡Piensa y actúa!

Cuando anocheció y las sirvientas encendieron las teas, una muchedumbre de sombras comenzaron a jugar a nuestro alrededor y sobre nosotros, y en su mollera. Se le había subido el vino. Yo tenía buena cabeza. Me levanté. Se levantó también él como subyugado.

— Buenas noches.

Sacó la llave de mi habitación y me la dio.

— No la necesito.

— ¡Ni yo! Mi puerta está siempre abierta, le respondí con dura voz.

Por la noche, cuando se sumió el palacio y todo el mundo en el abismo del Silencio, escuché por el pasillo unos pasos callados. Era él. No se paró en mi habitación, ni en la suya. Fue más allá, a la habitación de Mirto. Empujó la puerta. Estaba abierta.

¿Y encima con este?

¡Que le vaya bien!

Pasó una semana y no tenía en mente el largarse. Afuera rabiaba Eurímaco y temía que lo matara. ¡Bien! Es el momento, entonces, de echarlo, ¡que vaya a habérselas con el otro!

Al octavo día por la mañana lo llamé a la sala.

— ¡Estarás afligido! ¿Quieres que juguemos a algo para pasar el tiempo?

— ¿A qué? ¿A los dados?

— Yo no juego a los dados. Juego con la espada. Te lo dije que era el mejor hombre del reino. Y te lo voy a demostrar.

— ¡Vergüenza para mí el medirme a la espada con una mujer! Dame a tu mozo más fuerte…

— Yo soy el mozo más fuerte. ¡Vamos fuera!

En el patio nos esperaban Dolio y Melantio, el uno sujetando mi propia armadura y el otro la suya.

— Vístete y párate cuatro pasos más allá. Cuando cuente tres ¡en guardia!

Sus valientes y mi guardia nos miraban perplejos.

— ¡Todas vuestras armas a tierra! Que las recojan los sirvientes y las encierren en el arsenal hasta que acabe el combate. ¡No vayáis a encenderos también vosotros y a golpearos!

Y después, volviéndome hacia Antínoo:

— Si te venzo, ¡serás mi servidor!

— ¿Y si eres vencida?

— ¡A mí no se me vence nunca y en nada!

— ¿Y si la suerte se te pone contraria?

— Entonces te tomaré como mi marido. Sólo marido mío. ¡No rey!

En aquel momento Palas me roció con divina belleza y fuerza. Y parecí más alta y fatídica. ¡Y mi alma se convirtió en diez!

— ¡Uno! ¡Dos! Tr...

Y con el «tres» me eché sobre él, como el halcón a la tórtola. Y aquel, como la tórtola, unas veces se inclinaba a la derecha, otras veces detrás y a la izquierda, para rehuirme. Durante mucho tiempo retumbaron con su eco cantarín las espadas, las correas, los escudos, los cascos. Y no le dejaba tomar un respiro.

Y como cuando desde dos cumbres enfrentadas de una garganta se precipitan vientos contrarios y se agarran, y se muerden abrazados con rabia y con bramidos; y las ramas secas, la tierra y el agua se levantan a lo alto y dan vueltas encima, como una columna, más deprisa de lo que alcanza la mente; y arriba, en la cumbre de la columna, los negros cuervos en vano luchan con sus pechos de hierro por pasar enfrente para esconderse en sus cuevas; así nosotros dos nos golpeábamos con rabia y con bramidos, ¡como los vientos contrarios!

¡Pero yo volaba como un arcángel y le golpeaba más terriblemente con mi propia espada y con la mano de Atenea!

Lo cansé mucho. Se había puesto amarillo. Y entonces le di un fuerte golpe en su puño con el dorso de mi espada, y se le fue la suya.

La levanté y se la di:

— ¡Cógela!... Con ella me servirás y serás también el príncipe primero del reino... ¡Ahora reúne a tus valientes y vete con bien!

— ¿Y sus armas?

— Se quedarán aquí. No las necesitas. ¡Mientras yo esté te defenderé a ti y a tus hombres! ¡Yo!...

CAPÍTULO VIII. LA REBELIÓN DE LAS MASAS

Va mucho más lejos la antorcha de la Discordia que donde llegan los ojos de la Justicia. Esta antorcha tiene la culpa, que surgió del Tártaro y encendió el fuego en Ítaca, y en todas las islas. Pero también yo tengo la culpa, que desprecié a la fuerte diosa y hasta ahora no le había erigido ni un altar. Aunque fuera ya tarde, di orden de que le construyeran un brillante templo con dos columnas en la entrada.

Y la antorcha de la Discordia fue la lengua de Tersites. ¡Cometí un error cuando entonces no lo colgué de la lengua delante de todo el mundo! Porque se escabulló de su islote y vino clandestinamente a Ítaca y levantó al pueblo. Contra los príncipes.

Esto sucedió durante el tiempo que estuve ausente, junto con los príncipes más valientes (sin Eurímaco), como almirante de la armada corsaria que fue a saquear las playas de Albania.

Es verdad que este año fue peor que los pasados. El lebeche, la mosca del olivo, la helada, la filoxera arruinaron los campos, los olivares, las huertas y las viñas. Los pobres, que debían a los príncipes, no tenían para pagar. Y, naturalmente, de acuerdo con «las leyes de los dioses y de los hombres», las deudas «a costa de sus cuerpos»[26] se pagan con las cadenas.

Pero los esclavos no sentaron cabeza. No sólo no trabajaban, sino que también arruinaban las fincas. Y los príncipes se veían en la obligación, de nuevo de acuerdo con las "leyes de los dioses y de los hombres", a crucificarlos[27] o a ahorcarlos.

[26] Plutarco, *Solón*, 15, 2; Aristóteles, *Constitución de los atenienses*, II, 2.

[27] El autor menciona otro suplicio menos conocido, el *apotimpanismós*, en el que el condenado, desnudo, es sujetado a un tablón o un poste mediante cinco grapas o garfios, que lo sujetan de las muñecas, los tobillos y la base de la cabeza, bajo el maxilar inferior.

El más justo de todos se mostró en la ocasión (todo hay que decirlo) Eurímaco. Crucificó[28] y ahorcó a la mayor parte. Y entonces sucedió lo imprevisto: lo que no había sucedido hasta ahora desde que se fundó el Mundo. Alzaron sus cadenas los esclavos y golpearon al divino príncipe. Y lo hubieran matado si no hubieran llegado a tiempo sus siervos. Le rompieron solamente la mano izquierda y ahora la tiene enyesada y colgada al cuello con un paño.

Desde Ítaca paso la antorcha también a las otras islas. Una rebelión general de las masas. ¡Un odio de siglos querían saciarlo en unos pocos días!

Los príncipes se encerraron en sus castillos; sus siervos se desperdigaron; y entonces apareció en medio Tersites, ¡este masón, ateo, búlgaro[29]! ¡La antorcha de la Discordia!

Los armó, los formó, les puso a distribuir las fincas y a hacer un gobierno propio. ¡Democracia! Pregunté a los sabios más viejos del reino. ¡Nadie sabía qué quería decir esa palabra! ¡Porque nunca había existido ni podía existir tal cosa!

Se armaron incluso las mujeres y sus hijos, ¡Erinias y vástagos demoníacos!, con hachuelas y porras. Tomaron los mejores puestos de las islas ¡y guardaban su «justicia»!

Los príncipes, cercados, enviaron a escondidas una balandra a Albania, para llamarme de vuelta. ¡Compasión!… ¿No se lo había dicho?

Reuní deprisa a mis valientes y regresé a Ítaca. Era de noche. Tiré rumbo a palacio. Levanté a la guardia que también se había atrancado temerosa dentro del castillo. Me avergüenza que toda una reina divina, que sólo con los Titanes me corresponde combatir, acabe golpeando a la canalla, ¡al pueblo!

La agonía se prolongaba durante varios días.

[28] v. nota anterior.

[29] Utilizado este gentilicio como sinónimo despectivo de enemigo, de comunista.

Amanecía. No se había olido nadie mi regreso. Cogí a cuanto populacho encontré en la calle y en las fincas y los colgué sin juicio. Cerqué pueblos y los quemé. Ordené que degollaran a viejos y a niños, que violaran a las mujeres, que robaran la dote de las muchachas. Tersites, que corrió con cuantos pudo reunir para hacerme frente, las pasó canutas. Sus pocos compañeros cayeron, y los últimos lo abandonaron. Quedó luchando él solo, uno contra doscientos, hasta que se mató él mismo. ¡Muerto, lo colgué de la lengua!... ¡Había hecho yo una promesa!... En dos días la rueda de la Historia comenzó a rodar de nuevo normalmente. ¡El Orden!

Y para que el resto volviese al redil, cogí y tiré a los perros (¡delante de ellos, que lo vieran!) toda la carne que había traído del corso. ¡Para que aprendieran que a nuestros fieles perros les corresponde comer mejor que a nuestro pueblo infiel!

Por la noche se me apareció en sueños mi protectora, Palas, me acarició la mejilla y me dijo:

— ¡Bravo!

Se hizo la calma en la superficie. Pero por debajo hierve el fondo. Hierve el Odio. El capitanear al pueblo lo asumió el hijo de Tersites. ¡Tersites también él! Tersites II. ¡Maldita ralea! Uno matas, diez brotan. Éste huyó a los montes, junto con muchos de los rebeldes. Otros a Cefalonia, a Santa Maura, a Zante, a Rumelia. ¡Tendremos nuevas horcas y quemas de pueblos!

A cuantos "se postraron", les aumenté las horas de trabajo, les reduje el jornal y los hice pedazos con diezmos dobles, para que pagaran los daños que habían hecho y para que aprendieran, al encontrarse con lo peor, ¡a no pedir lo mejor! Los príncipes, temerosos, no se atrevían ya a vivir en sus fincas. Y fueron, para mayor seguridad, a encerrarse en la fortaleza del palacio. De Ítaca y de las otras islas. Con sus armas y con sus matones.

Y ahora se han apalancado y no quieren irse. Pero poco a poco comprendí que en vez de ser ellos mis prisioneros, me he convertido yo en su prisionera.

¿Y quién no vino? El primero y el mejor, Eurímaco, el hijo bien amado de Pólibo, ¡y el viejo Pólibo junto a él! Después Antínoo, el único hijo de Eupites, Pisandro, hijo de Políctor, Anfínomo, hijo de Niso, Agelao, hijo de Damástor, Ctesipo, hijo de Politerses, Leócrito, hijo de Evenor, Leodes el adivino, hijo de Enopo, Demoptólemo, Euríades, Elato... Más de cincuenta.

Todos ellos aterrorizados al principio. Pero cuando pasó el primer chaparrón volvieron a envalentonarse. Les dije que reunieran a sus mozos y volvieran a sus castillos y que no temiesen a nadie mientras supieran que reino yo, ¡la Amazona! Y que en vez de temer que los mataran, que mataran ellos mismos.

Pero no tenían intención de moverse a ninguna parte. Retuvieron las armas que les di y se quedaron como en su casa. Dueños y señores. Desde el palacio, dicen, defienden mejor tanto su hacienda, como el trono y ¡la patria! Y con la misma cantinela arruinan mis despensas, mis bodegas, mis rebaños.

Cada día degüellan en el patio doce corderos y ocho cerdos cebados y dos terneras lechales. Los degüellan, los desuellan, los socarran y los asan en el espetón, delante de mis ojos. Y venga con el comer y beber, el canto y el baile. Y ponen también a Femio a cantarles con su cítara las nuevas «glorias de los hombres», de los reyes que fueron y guerrearon en Troya. ¡Le prohíben, sin embargo, mencionar el nombre de Ulises! ¡Estas rapsodias inverosímiles las fabricó, dice, cierto poeta! ¿Amaro? ¿Tomero? ¡Algo así su nombre!

Echaron mano también a las esclavas y a las sirvientas. Tanto ellos como sus matones. Y junto a ellos también mis propios soldados, sirvientes y esclavos. ¡Me mancillaron el Templo de la Virtud!

Los míos ya no me escuchan. ¡Prefieren a los príncipes porque se lo pasan mejor con ellos!

¡Y ojalá fuera sólo esto! Se crecieron tanto que comenzaron de nuevo su vieja matraca: ¡que me case! ¡Y me envían diariamente pedidas y dotes!

Hace muchas noches que no cierro un ojo. ¡Estoy de los nervios! Cómo quisiera que de pronto volviese el Gran Señor, el Héroe de los Héroes, el Sabio de los Sabios, Ulises... ¡o algún otro! Si no, pediré la ayuda del algún rey extranjero.

CAPÍTULO IX. HOMERO

¡Luz en nuestros ojos! Nos llegó el poeta más grande de nuestro tiempo, según es fama. ¡Homero! Así lo llaman, y los Dioses no saben si su nombre es verdadero ni de donde procede su persona. Cuando sea llamará a mi puerta. No tengo ningunas ganas de escucharlo. Me he aburrido de tales vagabundos. Siempre dicen mentiras. Y si todavía mantengo a Femio, lo hago por Ulises. Él lo trajo y no queda bien que no lo vuelva a encontrar cuando vuelva…

Y antes de la guerra, y ahora mucho más, rondan estos coplistas de región en región, y cantan con su antipática carraspera (¡beben hasta reventar!) en los palacios de los reyes y de los señores las fantásticas hazañas de los héroes de la estirpe de aquel que les paga ¡un hueso!

Encargué a los porteros, si por casualidad viene también a mí, que le dieran un duro y lo despacharan.

Pasó una semana y no apareció por el palacio. Di que haya ido primero a Eurímaco y a Antínoo. No interesa. Puede que le aleccionen para que me cuente cómo se perdió Ulises. Tengo que enviar deprisa a que me lo traigan.

Dice que ha ido a Troya, y que hizo amistad con todos los jefes de los aqueos, que comió y bebió con ellos; ¡hasta que guerreó! La mayor parte de estos charlatanes no han ido más allá de Égripo y más abajo de Neocastro. ¿Pero cómo vio todo cuanto canta cuando es ciego?

Con todo, dicen que este de mirada aviesa es un gran maestro. Construye mitos para los hombres con la maestría con la que el patizambo Hefesto, el Herrero, construye braseros y tenazas para los dioses.

Quisiera escucharlo.

Envié a Dolio por la región a que me lo encontrara. Fue, naturalmente, a los castillos de los señores. ¡Por ninguna parte! ¿Será que es mentira que vino?

Pasando también por los barrios populares, echó para bien y para mal un vistazo. En una taberna del astillero, una noche, encontró a un forastero que bebía en compañía de estibadores lugareños y pescadores, la escoria de la isla. De su hombro colgaba una cítara.

— ¿Quién es ese? preguntó Dolio.

— ¿Ese? Como si lo supiéramos. No tenemos la costumbre de preguntar. Nos basta que es un buen bebedor y paga su escote. Irá de buhonero, de ladrón, habrá cometido un crimen en su patria y pudo librarse entre nosotros.

— ¿Toca la cítara?

— ¡Quia! ¡Dice que la vende!

Y entonces Dolio le preguntó a él mismo:

— ¿Quién eres, amigo?

— ¿Qué te importa? ¡Bebe algo y cierra la boca!

— Soy un enviado de la reina. ¡Autoridad!

— ¡Venga! Yo hago con las cuerdas de mi cítara cuantos reyes quiero ¡e incluso dioses! Y los deshago, ¡cuando me enfado! ¿Y ahora me van a ordenar los mozos de mis creaciones?

Estaba borracho.

Se levantó y cogiéndose de la mesa para no caerse, abocinó las manos en su boca:

— ¡Homero! ¡El primer poeta de todas las Grecias!

¿Cómo? ¿No eres ciego?

— Cuando canto cierro los ojos y parezco ciego.

— Ven conmigo. Te quiere nuestra venerable Señora.

Así me relató los hechos Dolio, cuando me lo presentó, ¡y meneó su cabeza como diciéndome que tenía entre ojos a este tipo!

Era avanzada la noche. Ardían en sus trípodes las antorchas. Y llamas y sombras que hacían señales en el vacío como manos inmateriales, que piden desesperadas agarrarse de alguna parte, asían su rostro y se mostraba como un fantasma.

Me miró con ojo franco y orgulloso. Cabellos grises, barba gris, rostro gris.

— ¿Por qué rondabas por las tabernas y no viniste directamente a palacio a que te acogiera?

— Hubiera venido en pocos días. Así actúo siempre en cada lugar al que voy. Primero quiero conocer al pueblo: sus miserias, su pobreza, su incultura, sus enfermedades.

— ¿Amas al pueblo?

— Me repugna. ¡Me sorprende que les llamemos hombres! ¡Fango!...

— ¿Pero entonces por qué necesitas conocer primero el fango?

— ¡Para odiarlo más! Reúno palabras. Para saber qué no voy a escribir. ¡Y desde debajo del negro fondo surjo con un ansia mayor a la soleada cumbre de la Nobleza y del Espíritu! Allí en lo alto olvido lo malo que he conocido y engrandezco con una pasión mayor lo que de bueno imagino, de acuerdo con las reglas del arte eterno y de acuerdo con su único Objetivo: ¡la Idea! Soy un autor y no un espejo. ¡Soy un creador de dioses y reyes y no un alfarero de hombres del pueblo!

— Siéntate. Dime ahora, entre nosotros, ¿eres, seguro, el verdadero Homero o algún otro que canta las canciones del verdadero?

— No tienes más que probarme. Encárgame que te componga tu himno y si no es el mejor poema que podría escribirse ¡que no me llame Homero!

— ¿Dónde naciste?

— ¡En todas y en ninguna parte! Soy hijo de un río, el Meles, y de una Nereida, Creteida. Mientras en la primavera corría el agua espumosa por lo matorrales y por las gargantas, me agarré al vientre de mi madre y nací en el agua. No tengo patria ni rincón. Por eso también se pelean una docena de ciudades sobre cuál me tuvo como hijo suyo: Esmirna, Samos, Colofón, Culura, Atenas, Quío, Neocastro, Íos, ¡incluso Ítaca!... Algunas ciudades pusieron y otras pondrán mi lira como cuño en sus monedas, para mostrar no que yo soy hijo suyo ¡sino aquellas hijas mías!

¡Pero yo pertenezco a todo el mundo y a todos los tiempos! Y pasado mañana dirán que no soy uno, sino muchos. Yo hice a los muchos Uno.

— ¿Viste la guerra con tus ojos y conociste a todos los héroes de cerca?

— Con mis ojos y con mis oídos. Pero eso no tiene importancia. ¡Con mi imaginación!

— Quiero que me cuentes la guerra. Que me hables de Helena, de...

— Eres más mujer que reina. ¡Empiezas por tu rival y no por tu marido!

— ¡Pero ella fue el comienzo de la guerra! ¡Además, temo escuchar la verdad sobre mi marido!

Se levantó de su taburete. Tomó la cítara en sus manos, carraspeó y fijó la mirada en el techo. ¡Me volví a ver qué miraba! ¡Nada! Y comenzó con voz ronca, callada y lentamente como un hombre que va para largo.

«Canta, oh diosa, la cólera[30]...»

— ¡Corta!... Eso lo tengo oído mil veces y de mil formas. Quiero Historia, no quiero Poema. Y no lo externo de la Historia: sus aderezos; lo de dentro: ¡sus enaguas!

Como si le hubiera echado un cubo de agua helada. Se quedó paralizado. Sus manos colgaban inertes sobre sus muslos y él mismo se desmoronó sobre su taburete, como una gaita hinchada, a la que has agujereado con un cuchillo.

— ¡Así se hace! Sentado volarás menos. Y hablando desde abajo subirás menos el volumen. ¡Quiero que me hables y no que me cantes!

Se apretó las sienes con las dos palmas y dejó colgando el labio inferior, como un caballo en el momento en el que le pasan la brida.

[30] *Ilíada*, I, 1 (en griego clásico en el original).

— ¡Ay de mí!... Como uno que sufre un catarro doble no puede hacer de vendedor ambulante por las calles, así también, uno que dice la verdad no puede hacer de cantor por los palacios. ¡Igualmente no puede hacer de rey! ¡Se parecen un poco nuestras relaciones! Tú, ¿has dicho alguna vez una verdad a medias?

— Las conozco todas, pero no digo ninguna. Me dirás eso que sabes y dejarás eso que acostumbras a decir.

— ¡Un asunto difícil! Cuando entro en un palacio me siento crecer. ¡Y floto por el mundo de la Perfección, como si me volviera lunático! ¿Cómo quieres ahora que piense que me encuentro en alguna barcaza de carbón en vez de en una taberna? Si en algún momento desnudo de la belleza y de lo ideal a la guerra y a los reyes héroes, no quedará nada. Todo se hará polvo y ceniza, o lodo. Y yo que lo contaré y tú que lo oirás. Y al final te cabrearás tanto que me echarás sin pagarme, ¡si es que no me apaleas!

¿Cómo podré vaciar mi cerebro de las mentiras, como los embalsamadores de Misiri vacían el cerebro de las momias por la nariz? Solo los muertos no dicen mentiras. Y cuantos dicen mentiras quiere decir que están vivos. ¡Me pides que... muera!

Siento que un fuerte escalofrío, como una serpiente, me lame la columna vertebral. Tiemblo. Dame un poco de vino que entre en calor. Para decir mentiras, me emborracho con Poesía. Para decir la verdad tengo que emborracharme con vino. ¡Que me insensibilice!...

Hice sonar la campana y vino Mirto. Le hice señal de que trajera una jarra de vino con dos vasos.

— Beberé también yo contigo, para que pueda escuchar la verdad... Que me insensibilice también yo...

Cuando la vaciamos riendo, se vuelve y me dice:

— Ya que sabes el Poema puedes también tú sola encontrar la verdad. No tienes más que dar la vuelta a lo de dentro afuera, como los que preparan el kokoretsi[31] dan la vuelta a las tripas de cordero, para limpiarlas. ¡Esa inmundicia de las tripas es la verdad!

— ¿Acaso hago otro trabajo en mi vida? Siempre pienso lo contrario de aquello que escucho; y siempre digo lo contrario de aquello que pienso. Pero ahora quiero que me lo pongas del revés tú solo. De barnizador de los hechos serás tú el que los hagas kokoretsi… ¡Y de nuevo no te voy a creer!…

— ¡Me parece extraño! A cuantos reyes y señores fui y canté, me engatusaron con sobornos y con halagos para que compusiera mentiras mayores para ellos mismos y para su familia. Y todos ellos eran hombres. Tú, mujer, ¿no quieres mentiras!?

— Las quiero y las requiero. Pero para los demás. Si dices la verdad fuera de esta habitación, ¡te colgaré!

— Empezaré entonces por Helena. Has oído la leyenda y los Poemas en los que Paris raptó a la bella Helena. ¡Eh! ¡Bueno! Ni a esta la raptó Paris, ¡ni ella era bella! ¡Él, desde luego! ¡Era hermoso y requetehermoso! ¡Y ella lo raptó!

Paris era un niño. Apenas se esbozaba su bigote. Un niño criado entre algodones e ignorante del mundo. Tímido. Helena había pasado ya los treinta. Y resabiada en el amor. Y desvergonzada. ¡Una yegua en celo! Había sido raptada ya otra vez. Y había tenido dos partos desde entonces, dos niñas: una bastarda y otra legítima. Ifigenia y Hermíone.

Siendo pequeña, con quince años, la raptó Teseo. La llevó al Ática y la escondió en Ciurca[32]. De allí la rescataron sus hermanos, los Dióscuros, y la llevaron a Micenas, a casa de su hermana, Clitemnestra, para que diera a luz ocultamente. Y Clitemnestra asumió a la niña, Ifigenia, como suya,

[31] Comida elaborada con entrañas de animal, generalmente cordero, envueltas con tripas, similar a un zarajo conquense.
[32] Según Apolodoro, *Biblioteca* 3, 128.

para tapar la deshonra de su hacendosa hermana[33]. Paris, que completamente solo en las montañas y en el desierto tenía vistas a las tres diosas más hermosas del Olimpo, desnudas del todo, y no se inmutó, ¿cómo podría perder los sesos por una fulana ajada dentro de su casa y, además, con las manos atadas por las sagradas leyes de la hospitalidad?

El viejo Príamo lo había enviado a Grecia para que estudiara el mundo. Ver y conocer «las ciudades y el talante de muchos hombres[34]». A conocer a los famosos reyes de Occidente, ya que había conocido antes a los grandes sultanes de Oriente: aqueménidas[35], asirios, hebreos, egipcios.

Fue primero hacia Menelao, el rey más afortunado de Morea, porque tenía la mujer más provocativa del mundo; fue hacia Menelao y no hacia su consorte. Desde aquí subiría hasta Neocastro para conocer al rey más sabio de Morea, el viejo Néstor. Desde allí tiraría hacia Micenas, para conocer al rey más rico de Morea, Agamenón, ¡que había construido, aún en vida, su tumba toda de oro! Y finalmente iría también a Ítaca, para conocer al rey más astuto de Grecia, Ulises, que tenía la mujer más honrada; ¡sólo los astutos tienen mujeres honradas!

— ¡La muy mezquina! ¡No le dejó venir!

— Como era un chico decente y aplicado en el estudio, no hizo en Esparta nada más que leer, tocar la lira, nadar en el Eurota y cazar jabalíes en el Taigeto. Y no se volvió en absoluto a mirar a los ojos a la reina de Esparta y esclava de sus pasiones.

Y cuando Paris se ausentaba por la caza, a Helena se le cortaba la respiración. Por si se topara alguna mañana en el bosque con la diosa de la virginidad que rabiaba por los hombres, Ártemis, la seductora, que hasta entonces había hecho perder la cabeza a muchos chicos: Adonis, Atis, Endimión[36],

---

33 Pausanias, II, 22, 6 y s.
34 *Odisea*, I, 3.
35 Persas.
36 El autor unifica las figuras de Selene y Ártemis.

Hipólito. Tenía que anticiparse. Un muchacho de tez morena, tostado por el sol, rizados cabellos y sin ninguna sombra sobre el labio superior, aparte de la luz de su alma, la risa. Y virgen. Es decir, lo que podía enloquecerla. A Ártemis, que cuando le entraban los demonios nada la sujetaba…

Se pone entonces Helena y despacha a su marido a Creta, a que le traiga un supuesto collar de monedas e hinojo marino (¡no le negaba nada el bobo!), así como un pelo del Minotauro, ¡para tener un varón! Y cuando se quedó sola con el chico, lo llamó a su cuarto. Y le dijo temblando: «Me tomarás con toda mi dote y con todos los tesoros del reino, ¡para irnos de este Infierno! Para ir a tu patria, a vivir en una choza. Detesto a mi marido. Es viejo y tonto, y un gran cornudo. ¡Tú eres el primer hombre que he amado de verdad!».

El pequeño se echó a llorar. Eso la excitó más: «Si te niegas, te acusaré ante Menelao, apenas vuelva, de que cuando Aquel estaba ausente me derribaste para deshonrarme. Cuando aquel a quien una mujer quiere no la corresponde, entonces ella es capaz de los más terribles crímenes. Así Estenebea denunció falsamente ante su marido, Preto, el rey de Argos, que su amigo Belerofonte quiso acostarse con ella, sin ella quererlo (¡cómo si no importara que quisiera también ella!). Y Preto, inocentón como todos los cornudos, mató a su amigo[37], al hijo de Poseidón, al fortísimo hombretón, que había matado a la Quimera de tres cabezas, ¡y había domado a Pegaso, con el que subió al Olimpo!… Así también la reina de Atenas, Fedra, hija de Minos y Pasífae (quien tenía como amante un toro), al ser desdeñada por su hijastro, el hermosísimo Hipólito, el casto amigo de la diosa de la virginidad, rasgó su falda, soltó sus cabellos y corrió hacia su marido fuera de sí: «¡Hipólito ha querido deshonrarme! ¡No puedo ya estar en el Mundo de los Vivos!». Y Teseo, inocentón como Preto, mató a su único hijo… Te

[37] Según la tradición, no fue Preto, rey de Tirinto, quien mató a Belerofonte, sino que este murió al intentar ascender al Olimpo, montado sobre Pegaso.

lo cuento porque no sabes las historias de las estirpes reales de Grecia... ¡Todo así y peor!».

Y Paris, al escuchar estas cosas, tuvo miedo. Y cuanto más se ponía él amarillo por el miedo, tanto más enrojecía ella por el deseo. Susurraba el pequeño: «No sé...» — «¡Aprenderás!», respondía la marrana. Y por miedo el pequeño le prometió que se escaparían aquella misma noche, apenas se pusiera la luna.

Helena, alegre, preparó un carro con cuatro mulas. Lo cargó con cajas de tesoros, y miraba con angustia la luna, ¡que marchaba tan lenta!... Pero el chico, apenas atardeció, pilló un ruano del establo y se largó pitando hacia el mar, para encontrar un bote y escaparse a mar abierto, ¡aunque se ahogara! ¡Sólo por librarse de la Ménade!

Cuando le llevaron la mala noticia, se puso hecha una furia. Subió al carro con uno de sus eunucos de confianza, buen caballista y mejor barquero, al que dio la orden de reventar los caballos a la carrera. Alcanzó al fugitivo en el puerto en el momento en que soltaba un bote de pesca. Lo agarró, lo ató, lo metió dentro del bote e izó las velas rumbo a Maratonisi.

En Maratonisi lo desató. Allí permanecieron tres noches y tres días, tendidos bajo los pinos, sobre un lecho de hinojo y hierbabuena. Y cuanto más gemía el chico, más chillaba ella. Y las tórtolas suspiraban dentro de sus nidos...

— ¡La muy mezquina!...

— Cuando regresó Menelao con el collar de monedas, con el díctamo y con el pelo del Minotauro, quisieron contarle de buenas maneras su gran desgracia, no fuera a desmayarse. Pero aquél, a la primera insinuación, dio un salto de alegría. ¡Como que no lo deseaba! ¡Se había hartado ya de la cerda! Quince años de casados y no había escuchado de su boca una buena palabra. ¡Todo maldades, tonterías, mentiras, cuernos! Ni cerebro ni alma. Vacía y fría (¡fría y vacía junto a él!).

Pidió de comer y de beber. Nunca en su vida había tenido tanto apetito. Se frotaba sin parar las manos y se reía solo:

«Ahora me van a pagar caro los platos rotos. Voy a exigir del padre del ladrón el doble y el triple de lo que me quitó su hijo. ¡Aparte los daños morales! Y si se niega, guerra. Pero aunque acepte, guerra también: ¡yo no pienso traérmela de nuevo! ¡Que se la quede para que le rasque la sarna! El tema del pago lo haré tema de honra. Así lo hacemos siempre. Honra no sólo mía, ¡sino de Grecia! Y no sólo de sus reyes, ¡sino también de sus pueblos!»

En un dos por tres a Micenas, para ponerse de acuerdo con su hermano. También este, el principal rey de Morea, se frotó las manos. ¡Cómo iba a saber que más tarde él mismo se frotaría la frente como su hermano[38]...! Solamente una reina honró a su marido y a Grecia. ¡Penélope! La diosa Fidelidad y Virtud...

— Me harás una canción.

— ¡Enseguida!... ¡Ayúdame, dios de la iluminación!

¡Se iluminó de pies a cabeza! Se sintió como pez en el agua... Otro hombre. Pero tenía preparada, parece, la canción desde antes.

Dame, gran sol, tu carro,
del Mundo a la más alta
cumbre he de subir,
allí donde brillan los Doce
Inmortales: Grecia
¡madre, hija, hermana!

Para llevar allí a lo alto
un segundo sol, de Leyenda,
que al primero sobrepasa:

---

[38] Durante su ausencia de Micenas, su mujer, Clitemnestra, mantuvo relaciones con Egisto.

tu honra, Penélope,
¡que eternamente la veneren
hombres y dioses!

A los dioses en la terraza celeste
cegarás incluso hasta
al Sol puro.
Le dirá: «¡del Mundo Inferior
como sol quédate tú, y el cielo
dame iluminar!»

— ¡Hermoso! le dije fríamente, ¡para ocultar mi alegría! Lo convertiré en himno real. Se cantará y tocará en las casernas, en las escuelas, en las iglesias, en la guerra, en el corso, en las fiestas: en las bodas, en los bautizos, en los funerales. ¡Y cada día en el cambio de la bandera!... ¡Eres un verdadero Homero!... Y ahora continúa tu historia. Y cuando acabes (empieza a amanecer), ¡pasa por Caja!

Y el Poeta continuó muy animado (cuando oyó: ¡Caja!)

— Los dos hijos de Atreo salieron de gira por las ciudades más grandes de Morea. Y enviaron pregoneros a todo el resto de Grecia. A incitar a reyes, señores y pueblo. ¡Sobre todo al pueblo!

En cada ciudad a la que llegaban hacían sonar las campanas y reunían a la gente en la plaza. Y entonces, vestido con su dorada armadura y subiéndose a una silla, les decía Menelao con su atronadora voz:

— Varones aqueos (hombres de Argos, de Corinto, de Dimitsana, de Trípoli, de Patra, de Vostitsa, de Kalavrita, según la región), pilares de Morea y zorros en sagacidad ¡que las cazáis al vuelo! Os habéis enterado de las malas noticias. Nosotros los griegos puede que no tengamos tierra, agua ni pan. Pero tenemos honra. Vivimos por la honra. Y esta nos la han quitado. Los troyanos, nuestros enemigos «seculares». Os envidiaban porque teníais la mujer más hermosa del mundo, vuestra divina Helena, ¡el

Ideal! Porque no era mi propia mujer, ¡era la alegría, la gloria y la mujer de la Grecia entera! ¡Y esta gloria y alegría os la han robado!

Y ahora pensad vosotros solos. Yo encuentro cuantas mujeres quiero. Pero vosotros no volveréis a encontrar una segunda Helena. Y la vergüenza no cae sobre mí. ¡Pienso muy alto! ¡Cae sobre vosotros! Y por vosotros pido venganza. Quien siente dentro de sus venas correr la sangre limpia de la raza, quien siente en el velo de su rostro que le chisporrotea el hierro candente de la afrenta; y quien escucha dentro de su pecho la voz de los dioses, tomará las armas y vendrá con nosotros. Para que castiguemos al rey extranjero y retomemos de vuelta vuestro tesoro, Helena. Que castiguemos también al pueblo troyano, ¡porque también él tiene la culpa al tener tales reyes y no alzarse para castigarles él solo!

¡Pero hablaba a los de Morea! Cerraban medio ojo y lo miraban con el otro medio; no a los ojos, ¡a la frente! Y entonces Menelao sacó toda la artillería:

— No sólo os limpiaremos la afrenta; hasta os enriqueceremos. Campos y prados interminables, ríos con arena de oro; cuevas llenas de piedras preciosas, innumerables rebaños de vacas, caballos, cabras y ovejas. Y mujeres, bellas y orondas, todo el día baño, carantoñas y pociones. ¡Y se vuelven locas por los extranjeros! Los arrastran de la manga a sus alcobas.

Todo esto nuestro, y mucho más, los cincuenta palacios de Príamo, ¡cada uno de ellos más rico incluso que el Olimpo!

Cada uno de vosotros se convertirá en un sultán con su propio serrallo y su propio harem. Y quien quisiera quedarse allí para siempre, ¡con nuestra bendición! Pero el que quisiera volver atrás a Grecia, ¡podrá comprarse incluso un reino! ¡Y todos vosotros así os convertiréis en antepasados de reyes y los dioses antepasados vuestros!

Así salvaremos la cultura griega que peligra y nos salvaremos también nosotros. Sin embargo, si los dejamos impunes, ¡entonces hasta los molineros correrán para robarnos las mujeres!

Y aunque no nos hubieran atacado, aun así no debían existir troyanos. ¡No son griegos! Y si hablan nuestra lengua y adoran a nuestros dioses, nos robaron también esto. Se los cogeremos de nuevo, junto con el resto, también a nuestros dioses ¡y les cortaremos la lengua!

¡Viva, pues, la guerra del Honor y el honor de la guerra, el Saqueo!

— Todo eso lo conozco. Lo mismo machacó Ulises a los de Ítaca.

Homero, un poco refrenado, continuó:

— ¡Era primavera! Miles de aventureros hambrientos y descalzos se reunieron en Áulide y junto a ellos más de cien reyes, que brillaban entre ellos como palas de oro, clavadas por el mango en montones de basura y excrementos. Cien mil almas y mil ciento ochenta naves, dice el Poema. Pero tú corta por un cero y hallarás la suma verdadera. Con una cruz bordada en el pecho o en la manga, partieron como salvadores de Dios, ¡cada uno por sí mismo!

Y como cuando estalla un repentino ventarrón, que se precipita como diez mil demonios rabiosos desde el negro abismo de las nubes y con grueso granizo, bramidos y rayos remueve los mares de arriba abajo y corren las naves jadeantes para encontrar una laguna, pero no lo consiguen, y los torrentes ruedan por las laderas con sus olas turbias, todo barro, y en su caída arrancan de raíz árboles, derriban piedras y casas y ahogan hombres y ganados y ningún dios puede parar la furia de los elementos, así la flota de los héroes del Ideal, a cualquier isla del Mar Blanco a la que arribaran, llevaban espanto y destrucción. Y cuando los isleños pobres divisaban a lo lejos acercarse la calamidad de los «hermanos», cerraban sus castillos, atrancaban las puertas con travesaños y palancas, para salvarse de… ¡los salvadores! Y los «hermanos» y «salvadores» arramblaban con lo que encontraban fuera, ¡y que no era poco! Y lo que no podían coger, ¡lo quemaban!

Así llegaron a Sigeo, sedientos de sangre y hambrientos de robo. Y cuando con el estallido del sol, encaramados en los mástiles y en las cuerdas de los barcos, atisbaron la belleza y la riqueza de la tierra de Promisión, no creían lo que veían sus ojos. Campos plenos de oro, todo tipo de espiga y de estatura; huertos y viñas: tempestuosos verdes mares con pocas hojas y más fruto y racimos; cantidad de agua cristalina que pasaba entre altas adelfas, sauces y mimbres. Y una finísima brisa, como un espíritu, que sujeta en sus manos la región como una enamorada y la besa, y que ella tiembla por todo el cuerpo como si estuviera viva… ¡Y todo esto era suyo!

— No quiero lirismos.

— ¡Me burlo, Majestad! ¡La burla, claro está, es la cara risible de la verdad desabrida!…

¡Quién podría contenerlos! Nada más fondear, comenzaron a saltar fuera, a tierra firme, como chalados, como si se hubiera prendido fuego en los barcos, en el mar y en el aire, y les hubiese chamuscado la planta de los pies y el rostro. Y caían sobre la tierra con los brazos extendidos y la estrechaban en sus pechos y besaban… la patria, ¡como si la volvieran a ver después de años de emigración! SU patria, ¡que cubría los huesos de sus antepasados y que la habían santificado pisando sobre ella durante siglos los etéreos pies de sus héroes nacionales y de los dioses!… ¡Toda ella suya! Como si hubieran resucitado estas tierras con su sudor; como si se hubieran encallecido sus puños trabajándola… Y todo a su alrededor les miraba como unos ojos amados y les daba la bienvenida con sus lágrimas: tierras, guijarros, aguas y cielo, raíces y flores, cada pájaro, cada gusano…

¡Lirismo también esto, Majestad!

Tiraron a tierra sus armas para ir más ligeros y corrían, como si les picase un tábano, para coger cada uno la mejor finca gritando ¡«mía»! Y clavaron estacas con letreros: «Traseas de Cefalonia», «Nearco de Dimitsana», «Cleantes de Culura»; miles de estacas, miles de nombres, miles de lobos. Perseguían a los aterrorizados rebaños de mujeres y de yeguas (pequeña la diferencia), que huían por las montañas para librarse. Y lo que atrapaban lo ataban y lo arrastraban a su casa.

Y entonces sucedió lo inesperado, pero siempre hermoso. En el pillaje y el saqueo, se pelearon entre ellos y comenzaron las matanzas. El soldado mataba al soldado, el capitán al capitán y el rey a todos. Incluso por la noche, que pone fin a las fatigas y serena las pasiones, se escuchaban choques de espada y quejidos de agonía.

Al otro día por la mañana, un viejo marinero, que había sido empujado también él junto con los otros hasta Troya por desesperación, cogió muy de mañana un caballo y comenzó a correr por la llanura y a gritar:

— ¡Os habéis vuelto locos! Este país no tiene fin. Lo veis. No es Sicinos, ¡un puño! Además, detrás de las montañas es más rica y hermosa a más no poder. Cuando avancéis hacia allá, dejaréis esto y cogeréis aquello. Pero nada podréis retener, nada quedará como vuestro, si primero no tomamos la Fortaleza. Solamente entonces serán vuestros también estos lugares que veis y aquellos muchos que no veis.

— ¡Sabio anciano! dije.

— ¡Seguro! Pero en el Poema lo hice rey. Cuento que era Néstor. Pero Néstor no tenía tiempo. Como jefe de ladrones, se había lanzado también él al saqueo ¡y no lo encontraban por ninguna parte!...

Sin embargo las palabras del viejo marinero prendieron en la gente. Todos se tranquilizaron. Y se arrepintieron. Y lloraron por los que habían muerto injustamente.

Juntaron a los muertos en la playa, los hicieron un cúmulo y los quemaron. Después reunieron la ceniza y la enterraron en una tumba común. Con música, banderas y discursos. Y encima de la tumba colocaron una alta columna de mármol con la inscripción: «A LAS PRIMERAS VÍCTIMAS HEROICAS DE LA LUCHA SAGRADA».

Montaron a continuación sus tiendas y sentados al sol se pusieron a abrillantar sus correajes, sus cascos y sus zapatos (¡cuantos tenían zapatos!). Afilaron también sus espadas y sus lanzas y reunieron piedras para la guerra.

El consejo de los reyes redactó y repartió en la Fortaleza de Troya y en todos los pueblos de alrededor la siguiente circular:

«Pueblos de Asia, famosos por vuestra prosperidad y por vuestra sabiduría. No hemos venido a vuestra tierra para ocuparla, sino para liberarla. Sabemos que también vosotros sois griegos y hermanos nuestros. Tenéis como padre de la patria a Teucro[39], del enorme Psiloritis, con bombachos, fajín y pañuelo negro en el pelo[40]. Tenemos los mismos dioses y la misma lengua. Pero con los siglos habéis perdido vuestro noble linaje. Hemos venido para volveros a convertir en griegos de nuevo. De esclavos y criados de los Príamos, os haremos libres y legítimos hijos de Deucalión. Os cogeremos de las uñas de la madrastra mala, Troya, y os echaremos en el cálido abrazo de vuestra verdadera Madre, (¡la Madre de las Madres!), ¡Grecia!

Vuestro rey y toda la recua de vuestros señores son extranjeros. Ayudadnos también vosotros a echarlos. De vuestras propias pertenencias no tocaremos ni una aguja rota, sin embargo, todas las riquezas de vuestros tiranos las cogeremos para dároslas a vosotros. Y os haremos amos en vuestras casas. Si no, os castigaremos también a vosotros».

AGAMENÓN I

Rey de reyes de los griegos por la gracia de Dios

A Príamo se le encogieron las tripas. Y envió mensajeros, que quería con los griegos amistad y amor y no guerra y enemistad; y que devolvería a Helena ¡y dos veces sus tesoros! Pero Menelao respondió que se quedara con Helena y que diese a los griegos a sus cincuenta hijas y sus cincuenta

---

[39] Apolodoro, *Biblioteca*, 3, 139.

[40] Indumentaria tradicional cretense.

nueras. Que diera también a cada guerrero una onza de oro, y que entregara Sigeo, para que lo guardásemos permanentemente como garantía de que no volvería a robar.

Príamo se negó. Pero Casandra, su mejor y más afectuosa hija, que quería entregarse al campamento de los griegos para salvación de la patria, tanto se entristeció ¡que se le fue la razón! Y se hizo… adivina.

Pero tanto Príamo como sus nobles no se hubieran negado si el mismo pueblo no se negara… El pueblo con los cincuenta hijos del rey y sus cincuenta yernos, todos ellos capitanes probados en el corso y en la guerra, organizó la defensa… El mejor de todos, el adalid de los capitanes de los troyanos, el primogénito del rey, Héctor, sobrepasaba a nuestro Aquiles en grandeza de alma. El nuestro, un corsario bravucón, el suyo un héroe patriota…

— ¡Eres un maestro! En estas tareas no hay ni grande ni más grande. Está el más grande: el que tiene éxito, ¡aunque sea un granuja!

— Para no enrollarnos, hombres, mujeres, niños, se pusieron a arreglar las murallas y a fortalecerlas. ¡Nunca hasta ahora habían visto los griegos un castillo así! ¡Como si lo hubieran construido dioses y no manos humanas! Así lo contaba también el Mito: que los más brillantes dioses de los Doce Grandes, Apolo, el dios de las olas de tierra firma (¡de los caballos!) y Poseidón, el dios de los caballos del mar (¡de las olas!), ¡ellos lo construyeron!

— ¿Tú te crees esos cuentos?

— ¡Quia!

— ¿Entonces por qué los escribes?

— Por política: para elevar el valor de los griegos por encima del valor de los dioses, ¡ya que griegos mortales pudieron tomar el castillo de dioses inmortales! La mentira la pagan los Señores y la creen los pueblos. ¡Y la recuerdan! Mientras que la verdad no se la creen (a eso los habéis hecho caer) ¡y la olvidan!

— ¡Parece que sabes mucho!

— ¡Es mi trabajo!...

¡Bueno! Pasó el primer año, el segundo, el tercero, ¡el cuarto! La fortaleza resistía ¡y los griegos comenzaban a no resistir! Perdían cada vez más el ánimo. ¡Porque les habían dicho que la tomarían en unos pocos meses!... Y como habían devastado el país desde el primer verano y no habían sembrado nada, no encontraban alimento. Y con el invierno, que bajó terrible desde los hielos de los Hiperbóreos y desde la roca de Prometeo, pasaron hambre. Y entonces comenzaron a enviar huestes, primero a los países cercanos y más tarde a los más lejanos, para rapiñas y saqueos. Hasta Prusa y hasta Tracia. Y, naturalmente, los pueblos de estas partes se convirtieron en enemigos de los griegos. Y corrieron a ser aliados de los troyanos: licios, tracios, frigios, dárdanos... y otros con toda clase de nombres. Y las cosas se ponían cada año más feas.

Entonces los guerreros, hastiados, la tomaron con los reyes que les habían engañado, y pidieron volver atrás a su tierra. Más cuando al cuarto año cayó una mortandad sobre el campamento de los griegos y Aquiles, el más valentón, se enfadó con Agamenón por unas esclavas y se retiró a su tienda y no guerreaba, entonces tomaron ánimo los troyanos, salieron de la fortaleza con el intrépido Héctor y persiguieron a los griegos hasta el mar. Y allí metieron fuego a sus naves con antorchas encendidas y con latas de resina.

Entonces el ejército de los griegos amenazó a sus reyes que si no los cogían para irse los matarían y se irían ellos solos. En esta hora crucial salvó a Grecia y su honra el gran Ulises.

Ni la fuerte mano de Agamenón, ni la imperturbable frente de Menelao, ni la descomunal altura de Diomedes, ni la tozudez de burro de Áyax, ni los veloces pies de un Aquiles, ni la divina sabiduría del viejo Néstor... ¡nada pudo acabar con el patriotismo y la libertad de los bárbaros! Solamente la mayor fuerza en el mundo mentiroso: ¡la mentira y la traición!

En el último consejo de los reyes así habló Ulises:

«No existe ninguna otra manera de tomar Troya. Hemos probado con las armas, hemos probado con el hambre, hemos probado con el tiempo. No queda más que la traición. Y por ella teníamos que haber empezado...

Tenemos apresados a muchos prisioneros. Entre ellos hay muchos granujas, ¡que no respetan ni lo más sagrado! Ellos pueden realizar cuanta bajeza les pidas, basta con que les pagues bien. De ellos enviaré a algunos de vuelta a la fortaleza, como si hubieran conseguido romper sus cadenas y librarse. De aquí en adelante veréis qué va a pasar».

— ¿Qué pasó?, pregunté con impaciencia.

— ¡No tengas prisa!

Primero cogió y colgó como ejemplo algunas docenas de los que rehuían el combate: para que los restantes se achantaran. Y al primero y mejor, a su cabecilla, Tersites...

— ¿A Tersites? ¡Pero si a ese lo colgué yo!

— ¡Otro este! Todo traidor y anarquista se llama Tersites... Ordenó después que los griegos comenzaran a calafatear y a embrear sus naves y que las echaran al mar, ¡como si las juntaran para largarse! Los puso después...

— ¿Quién al fin?

— ¡Ulises! Los puso después a desmontar sus tiendas y a reunir todas las cosas que supuestamente no podían llevarse consigo (camas, muebles, maderas, paja). Las hicieron montones y les prendieron fuego, cuyas lenguas llegaban hasta las troneras del castillo. Ordenó después que degollaran a los mulos y a los caballos del ejército, y todo esto para no dejarlos al irse, supuestamente, en manos de los enemigos.

Los troyanos lo veían desde su fortaleza y se alegraban. ¡Se librarían de los bandidos extranjeros! ¡Se van al infierno! Y entonces entraron en juego también nuestros «amigos», los granujas pagados. Se presentaron ante

Héctor y el resto de los jerarcas y les llevaron la noticia de que los odiados corsarios ¡adiós, se van! Y los troyanos aflojaron la vigilancia del castillo. Y muchos se lanzaron entonces a la juerga y al baile. ¡Señores y pueblo! ¡La guerra había acabado!

Y en la medida que los demás dormían, nuestros «amigos» no cerraban ojo. Fueron una noche a Arquelao, de la más rancia estirpe de Troya, que odiaba a la de Príamo, porque le habían arrebatado el trono y buscaba la ocasión para recuperarlo y vengarse. Y le dijeron lo que sigue: «Los griegos nos encargaron que te dijéramos que si les ayudas (¡y te diremos la manera!) a tomar la Fortaleza, te harán rey de Troya, ¡y te llenarán de regalos, a ti y a nosotros!». Arquelao aceptó en pro de… ¡la patria!

La tercera noche, a medianoche, acordados la hora y el lugar, abrió Arquelao con sus hombres una puertecilla trasera del castillo, que se la habían confiado para que la guardara, y en el momento en el que casi todos dormían tranquilos y despreocupados, metió dentro miles de griegos. Como la ciudad estaba desguarnecida, rápidamente la tomaron toda. Prendieron fuego a los suburbios populares y pasaron a cuchillo a los pobres. Los barrios ricos, los serrallos de los nobles, los palacios del rey, eso no lo tocaron. Ni a nadie de los ricos ni de la realeza. Se necesitaban los palacios de Príamo, los tomaría Arquelao. Y se necesitaban los nobles: al siguiente día se convertirían en los amigos más fieles del nuevo rey y los más honorables secuaces de los «libertadores» extranjeros.

¡Y así sucedió!

Tres días y tres noches duró el fuego, la carnicería, el saqueo y la violación a la gente pobre. Corría todavía la sangre por los canales de las calles y se oscurecía el cielo por el humo y el hollín, cuando los nobles de Troya, vistiendo sus galas más brillantes, sonrientes y ufanos, pasando entre las filas del ejército «nacional» y del «aliado», acompañaron a Arquelao a la Catedral y lo «coronaron» rey de la Troya «liberada». El pueblo se amilanaba. Pensaban que ahora tendrían que alimentar el doble de tiranos: ¡a los oriundos y a los extranjeros!

Los nuestros dieron a Arquelao consejeros griegos para que les consultara en lo que hiciera. Es decir, para que le ordenaran. ¡Y al primero y mejor, a Ulises! Desarmaron al pueblo y pusieron una guarnición nuestra para el orden. Y el rey Arquelao y el alcalde dieron, para mostrar su agradecimiento, nombres griegos a las calles principales de Troya, los nombres de los troyanófagos más carniceros: calle de Aquiles, calle de Agamenón, calle de Menelao, calle de Tideo, avenida de Ulises, plaza de Penélope, etc. Y así a Troya le quedó sólo su falso rey, su vacío nombre en el mapa, su descolorida bandera y su «independencia». Por lo demás se convirtió en una colonia de los griegos.

No habían llegado a secarse apenas las lágrimas y la sangre del pueblo, y comenzó en pocos días la caza de los «traidores». «Traidores» eran aquellos que combatieron contra los griegos. Y «patriotas», ¡aquellos que traicionaron a su patria!

De ellos era ahora el estado.

— ¿Y Helena?

— No se encontró por ninguna parte. Entre las miles de esclavas que bajaron atadas los aqueos al mar, para venderlas o llevarlas con ellos al irse, estaba también Helena. Pero ¿quién iba a reconocerla? La hermosísima hija del Cisne, el Ideal, ¡no se diferenciaba ahora de las mujerzuelas del pueblo! ¡Imagina su ruina! Junto con toda la morralla fue vendida también ella a unos sarracenos mercaderes de esclavos. Y estos la llevaron a Rodas y se la vendieron a la reina Polixo, sin saber ni aquellos a quién vendían ni ella a quién compraba.

Era un harapo. Tantos años (en el fondo era buena; pero desgraciada, ¡su sangre tenía la culpa!) pasó la peor vida de suplicio del mundo. Los griegos la maldecían y si no la mataron es porque no la habían encontrado.

Los troyanos le escupían, y si no la mataron es porque tenían miedo; ¡sólo nosotros los poetas la purificamos! ¡Porque en sus últimos días fue vendida como esclava! Pensaba, entonces, que ya que había caído en manos de una mujer y reina griega se acabarían sus tormentos. Reveló, así pues, quién era. Y entonces Polixo se puso hecha una fiera llena de ira. ¡Por esta adúltera había muerto en el extranjero su esposo, el rey Tlepólemo, el hijo de Heracles! Y para vengarse ¡la colgó de un árbol![41]

— ¡La pobrecita!

— Te da pena porque ya no existe. Sin embargo, si viviera la insultarías. Así acabó este gran acto.

— ¿Y Ulises?

— No sé. Todos los reyes, después de la guerra, se separaron enfadados. Habían discutido y se habían enzarzado por el reparto del botín. Y estaban a punto de echar mano a sus espadas. Pero Ulises los contuvo: «Si os golpeáis entre vosotros, el ejército, que no os traga porque lo habéis cogido todo y no le habéis dado nada, caerá sobre vosotros para liquidaros».

Y volvieron a guardar las espadas en sus vainas, sin reconciliarse. Cada uno tomó un camino distinto. Uno llegó con bien a su país, otro con muchas penalidades, y otros se perdieron en el mar. Muchos guerreros se quedaron en Troya y se convirtieron en ministros y pachás y se casaron con aristócratas. Otros construyeron colonias en la costa, las cercaron con murallas y allí viven y reinan… Ulises salió con muchos barcos, llenos hasta los bordes. Se supo que en el camino se topó con la flota de Filoctetes, la atacó a traición y se apoderó de ella: barco, hombres y tesoros. A este mismo lo arrojó herido en una cueva desierta de Lemnos, llena de serpientes… Otra tradición cuenta que le pilló una gran tempestad y perdió toda su flota y solamente él se libró en una isla. Allí se casó con él una nereida. Le dio a beber el agua de la Negación y ya no

[41] Pausanias III, 19, 9 y ss.

se acuerda ni de su país ni de su mujer ni su hijo ni de sí mismo. No regresará. Pero si me pides a mí mi opinión (¡y que no te siente mal! ¡Pides la verdad!), ¡hace ya años que lo han descuartizado los tiburones!...

— Si así viste la guerra, ¿por qué la escribiste de forma diferente?

— Así la quieren los reyes y los nobles que pagan. Si la escribiera conforme sucedió ¡cerraría el negocio y los ojos!... Cometí el error de componer una epopeya para Héctor. Y envié a mi hermano (también él se llama Homero) a Arquelao para que le cantara los fragmentos más llamativos y los mejores que he escrito, con la esperanza de que sería bien pagado. Recibió la paliza de su vida y lo expulsaron fuera de las fronteras de Troya, ¡poco faltó para que lo arrojaran al mar! ¡Porque ahora, el gobierno oficial y su historia tienen a Héctor por el más traidor de los traidores!...

Pero, ¿acaso esto que te he narrado lo he visto con mis ojos? También esto lo hallé con mi cerebro. Conozco el mundo. Y de lo poco doy forma a lo mucho. Si tiras de la punta de la sábana y ves el pie de Susana[42] que duerme, ¡comprendes cómo será entera ella!

Ahora pienso escribir la epopeya de Ulises. La llamaré la «Odisea».

— La «Odisea» la escribiré yo y la llamaré la «Penelopea».

— ¿Puedo decir una palabra?

— Habla.

— Neantes, el hijo de Pítaco[43], robó del templo de Apolo, en Mitilene, la lira de Orfeo. Y se echó con ella al monte a calmar a las fieras salvajes: los lobos, los chacales y las serpientes. Y las serpientes, los chacales y los lobos se lo comieron[44]. No es el instrumento el que hace el Arte, es el hombre.

---

[42] Se refiere a la historia bíblica de Susana y Daniel. Várnalis tiene en mente, sobre todo, las representaciones pictóricas que la historia inspiró.

[43] Várnalis confunde el nombre de Neanto, hijo de Pítaco, con el de Neantes de Cícico, el historiador.

[44] Luciano, *Adversus Indoctum*, 12.

CAPÍTULO X. LA INOCENCIA

Tanto me harté yo de esperar a Ulises, como se hartaron también los pretendientes de esperarme a mí. ¡A mí! La palabra lo dice. ¡La realeza! Y me fuerzan cada vez más a tomar una decisión, o casarme o…

¿Quién me mandaría rogar a Poseidón (¡en el momento en que maté a Dédalo!) que cogiera a uno y me enviara cincuenta? Lo dije de broma. Y ahora el dios de la Tempestad me envió a los cincuenta justos; la tempestad en mi casa. Y por último me vino y se apoltronó en dos sillas y cogió la primacía en el papeo el Arcipreste. Líder, dice, de los cuerpos (¡yo!) y líder de las almas (¡él!) formaríamos, dice, la mejor familia.

Y Telémaco crece en cuerpo, pero no crece en años. Mientras que yo crezco más de lo que se debe. Tengo treinta y dos, no, ¡treinta! ¡Cómo detesto las cuentas!

¡No puedo apoyarme ni en Telémaco ni en mi ejército! ¡Qué venga un ejército extranjero! ¿Pero dónde está este?

¡Podría con mis pocos fieles ayudantes envenenar a estos cincuenta! Pero entonces perdería el trono con más seguridad. ¡Uno mata fácilmente a cinco mil del pueblo! Pero ¿a cincuenta príncipes? Tendríamos una revolución… ¡del pueblo!

Para dar un poco más de cuerda les envié a Homero a que les cantara y les dijera que en cualquier momento volvería Ulises, ¡como habían vuelto Menelao, Néstor!…

Que se intranquilizaran, y si son tan miedosos como también tontos, que se fueran del palacio. Les dijo que lo vio con sus propios ojos en la isla de Trinaquia, más joven y más hermoso que antes, pero petrificado. Y el mármol le habló y le dijo: «El dios Helios me castigó, porque mis compañeros degollaron sus sagrados bueyes y se los comieron. Pero en medio año acaba mi castigo. Y entonces…». No pudo escuchar lo siguiente, porque en aquel momento cayó un rayo…

— ¿Lo viste con tus propios ojos?, le preguntaron los pretendientes.

— ¡Sí! ¡Con estos ojos míos!

— ¡Sacádselos!, ordenaron a sus esbirros.

Y aquellos se los sacaron como sacan un gargajo.

¡Horror! Gritaba el desdichado ¡y su voz era tan diferente de aquella que cantaba!

Y los pretendientes se juntaron a su alrededor y se burlaban:

— Ahora verás mejor…

Me disgusté mucho. No porque se había perdido un poeta. ¡De éstos encuentras cuantos quieres! Sino porque no funcionó mi jugada. Y me mostraron que no atienden a razones y que están decididos a llegar al límite; ¡incluso a matar al mismo Ulises si regresa! ¡Esto era más que verdad!

Enfadada y resuelta bajé al salón.

— Escuchadme, vosotros, los mejores y muy alabados principales de Ítaca y de las otras islas. Tenemos que acabar. Tomaré a uno de vosotros, el que sea. Para que se vayan los otros de mi casa y me quede tranquila yo y vosotros. Y los demás me darán su palabra que nos ayudarán al afortunado de entre ellos y a mí a poner orden en el reino. Que podamos, unidos, enfrentarnos a nuestro enemigo común, el pueblo.

Pero yo no voy a elegir. Elegiréis vosotros solos al mejor.

— Elegirás tú, me respondió Eurímaco.

— Mientras viváis en mi casa, no puedo. Cada uno de vosotros piensa que es el mejor. Y aunque eligiera a suertes, de nuevo os mataríais entre vosotros. ¡Id primero a vuestras fincas y en dos días yo enviaré a llamar a aquel que yo piense que es el mejor para marido!

— ¿Bromeas? ¡Para que nos saques fuera y después cierres la puerta! No puede ser.

— Entonces, competid entre vosotros. Corred con los carros y al que llegue primero, a ese tomaré.

— Yo no puedo correr, murmuró el Arcipreste. Soy muy pesado.

Y Eurímaco:

— ¡Quieres sacarnos afuera de otra manera! ¡Porque no podemos correr aquí dentro! Tenemos que salir al campo. No puede ser.

— Entonces batíos en duelo entre vosotros y el que venza.

— ¿Eh? ¿Que nos matemos cuarenta y nueve para que vivas tú y otro? ¡No puede ser!

— Entonces os reto a que crucéis las espadas conmigo.

— Pero ¿qué dice? ¿Contigo? ¿Con una mujer?

— Soy más fuerte que vosotros. ¡Alguien puede atestiguaros mi valía! (Antínoo se ruborizó).

— El primero que se mida contigo vencerá. De modo que vuelve de nuevo la cuestión a su primera base: Que escojas al primero…

— Yo no sé de armas, murmuró de nuevo el Arcipreste. ¡Yo soy un hombre de Dios!…

Y Eurímaco:

— Ahora te hablamos de buenas formas. No nos importa a quién escojas. Porque nosotros no nos vamos a ir de aquí. Lo hemos acordado. No vamos a pelearnos por una mujer. Uno será tu marido y todos nosotros reyes. En vez de gobernar uno, gobernarán cincuenta. Y nos repartiremos el poder y las islas. ¡Elige!

Se me abrieron las carnes. Lo que temía. Y entonces les pedí un último favor y se cumpliría su deseo. Un plazo de tres meses para prepararme. Y escogería al que me dijera el velo de Leucótea.

— ¡Lo tienes!

Me fui arriba y caí en la cama desesperanzada. ¿A quién coger? No conozco a ninguno de cerca. Y todos me repugnan. ¡Al menos que sea un poco bueno! A los hombres los conoce uno en el amor, en el vino y en las cartas. A las cartas no juego; vino no bebo, no queda más que el amor. Tomaré a aquel que me quiera de verdad. Puede que más tarde, nosotros dos, cuando haya crecido también Telémaco, quitemos a los demás de en medio.

Llamé a Mirto.

— Ven aquí, mi niña. Eres mi chica de confianza. Eres la chica más hermosa del reino, después de mí. Te he hecho muchos favores hasta ahora. De esclava te he hecho mi amiga y compañera. Y muchas veces he hecho la vista gorda contigo. Ahora te pido yo un sacrificio. Que tú te des y que yo reciba.

— Lo que me pidas. Incluso que me mate, pero no te comprendo.

— Escucha, niña. Hasta ahora no te he dejado que bajes al comedor, donde comen los pretendientes. Pero ahora, por el interés de la casa, vas a bajar cada día, abajo, a atenderlos. Todos se echarán sobre ti, aunque no estén borrachos. Tú no levantarás los ojos. Pero a escondidas y discretamente invitarás cada noche a uno de ellos a tu habitación. Le darás la llave, pero con la condición de que suba de puntillas, que no encienda la luz y que se vaya antes de que amanezca. Y de que no hable. Porque mi habitación está al lado.

— Con gusto.

— No te apresures. Veo que te ha gustado. Por la noche dormirás tú en mi habitación y yo en la tuya. Quiero conocerlos sin que ellos me conozcan.

— Pero…

— ¡No hay peros que valgan! Y cuando en cincuenta días haya acabado tu sacrificio (y el mío), entonces te daré permiso para que los conozcas también tú.

— ¡Pero…!

— ¡Te quito la palabra!

Me di asco de mí misma. Y solo con recordarlo me dan náuseas…

Todos estos dandis de sangre azul, con sus morros afeitados y empolvados; con las uñas y los labios pintados, que se miraban durante horas en el espejo antes de que les miraran los demás; embutidos en oro y piedras preciosas; los hijos de los dioses y de los héroes, que sin ellos no puede mantenerse sobre sus pies la tierra ni moverse por los cielos el sol; los primeros en la espada y en la lira; los árbitros del buen gusto, los estetas del sueño y los iluminados de la Verdad, eran todos ellos unas bestias. Ante ellos Dédalo, el esclavo, era un hombre con alma…

Tomándome por mi esclava Mirto me trataban de forma grosera, me hablaban mal, me insultaban ¡y Eurímaco me abofeteó! ¡Cómo aguantaba! Por el trono, por la patria. Unos, borrachos del todo, vomitaban en la cama; otros me preguntaban si la reina (yo) tengo algún chulo, y cuánto le pago; otros preguntaban para saber si desnuda y desmaquillada valgo un mísero duro; y si quizás soy postiza de arriba abajo (¡pecho — cojines, caderas — polisón!). Otros preguntaban qué hago que no me preño, ¡o no vaya a ser que no me gusten los hombres! Otro me prometía dinero y la libertad, si le daba a beber a la reina un hechizo para que lo escogiera; otro me confesaba que yo le repugno, que lo que quiere es el trono; otro iba más allá y me decía que si se casaba conmigo me encerraría en el harén y desterraría a Telémaco a algún islote, y retendría el reino sólo para él y su familia.

En cuanto a su maestría erótica, groseros, incultos, hoscos… Solamente uno de ellos salió airoso. El viejo Pólibo, el padre de Eurímaco. El amor es hermano gemelo de la Sabiduría; requiere canas… Este sesentón, todo sonrisa, seguridad y fineza. ¡Que ha aprendido de las Musas y las Gracias! Solamente él, en la oscuridad, a ciegas, encontró y elogió la viveza de mi cuerpo, lo ronco de mi voz, el centelleo de mi cerebro. Y solamente él, al irse, me preguntó cuándo podría volver, y me dejó en la almohada su talega llena… En su abrazo olvidé que estaba haciendo un sacrificio. ¡Disfruté con él de verdad! ¡Caí en la tentación!

A este es a quien quisiera tomar…

En cuanto al Arcipreste, apestaba y atufaba como un macho cabrío. Y balaba como un macho cabrío. Y al alba, cuando se iba, lo vi mangar de la mesita mi despertador y esconderlo debajo de la sotana…

Entró la primavera cuando había terminado el gran Sacrificio. Y salí de él más pura que al principio. Cincuenta veces más virgen.

Y ya que se acercaba el momento en el que me casaría, los siglos no deberían olvidar el milagro de mi pureza. De ahora en adelante se celebrará en todo el reino la «Pureza de Penélope». Fiesta nacional. Fiesta mundial. A finales de Elafebolión[45]. ¡El mismo día que se celebra también la Virginidad de Ártemis!… La luz - Helios de mi virtud derrumbará los muros de la Esfera, para tener cabida y cubrirá la luz de Ártemis - Selene.

Llamé a Mirto:

— De aquí en adelante, mi niña, date también tú el gusto.

— Pero…

— ¡No hay peros que valgan! ¡No te hagas la vergonzosa!

— Pero incluso entonces que iba a decírtelo no me dejaste. ¡Los he tomado hasta ahora diez veces a cada uno!

Algo se movía dentro de mí. Llamé a Haliterses y le pregunté. Se alegró mucho.

— El niño que darás a luz, me dice, será un dios. Tendrá pies, cola y cuernos de cabra. Será el Dios de los bosques y de los rebaños. Se llamará Pan: ¡porque son sus padres toda la Panda![46]

¡Madre de un dios!… Y más pura que el Pudor.

---

[45] Mes del calendario ático, entre marzo y abril. La fiesta nacional griega es el 25 de Marzo, fiesta también religiosa de la Virgen, fiesta nacional desde 1838 que conmemora el comienzo de la independencia griega contra los turcos.

[46] Apolodoro, *Biblioteca mitológica*, Epít. 7, 38 y ss.; Epiménides, *frag.* 9 (Jacoby-F 3b, 457, F).

CAPÍTULO XI. EL DISCURSO CORRECTO

Por medio del «sacrificio» había comprendido que no hay mejora. Sin embargo debía apurar el amargo cáliz hasta la última gota. ¿Aún tenía esperanzas? ¡No sé! Alguna vez… Envié a llamar hace más de tres semanas a Dolio. Quedamos de acuerdo. Y después llamamos también a Telémaco.

Tendrá ahora diecisiete años. En la estatura y en la mirada aviesa se parece a su padre. Callado y como un poquito soñador. Será cosa de la edad. Y suspicaz. ¿Me quiere? ¡No me lo parece! Quizás piense que yo tengo la culpa de que cincuenta gorrones arruinen el patrimonio de su padre.

— No debes olvidar, le dije seriamente, de qué padre eres reconocido como único hijo y de qué madre nacido y criado. Y que no existe en ningún sitio reino mayor y más hermoso que Ítaca.

Corres peligro de perder todo esto. Tienes que comprender que has crecido lo suficiente. Se te perfiló el bigote y se te enronqueció la voz. Es hora de que te pongas serio. Que abandones la caza y la pesca. Que te ciñas la espada de tu padre para que salvemos lo que aún nos queda. Y rápido. ¡Porque no te dejarán los príncipes crecer!…

A tu edad los chicos del pueblo se ganan su pan y gobiernan sus casas.

Los príncipes buscan quitarte todo. Uno a tu madre y todos juntos el reino.

No nos queda más salvación que anticiparnos a ellos. Antes de que ellos nos quiten el reino, ¡lo vendemos!…

— ¿Que venda mi patria?

Lo miramos Dolio y yo a los ojos:

— ¿Qué palabras son esas? ¡¿Dónde has aprendido esas ideas anarquistas?! Los reyes no tienen patria. La tienen los pueblos. El reino, no lo olvides, es de tu papá. Haces de él lo que quieres.

Esta noche saldrás al punto. Te hemos aparejado la balandra más rápida de la isla, la balandra de Noemón, el hijo de Fronio. Te entregaremos también una decena de valientes de confianza y zarparás por la noche y a escondidas. Desde Mala Mar. Atenea, bajo la forma de Mentor, se sentará al timón. Harás como que no la reconoces.

Irás primero a Neocastro, después a Esparta, después a Micenas y finalmente a Corfú. Conocerás a los reyes más poderosos de nuestro tiempo.

En Neocastro te lavará con sus manos la hija menor de Néstor, Policasta. En Esparta te preparará la mesa la hija única de Helena, Hermione, hermosa y provocativa como su madre; en Micenas te dará a beber filtros, para retenerte eternamente junto a ella, la digna hija de su madre, la gallarda Electra. Y en Corfú te lavará los sayales en el mar y llorará a escondidas por ti, la única y muy querida fragante hija de Alcínoo, Nausícaa.

Pero tú te andarás con ojo. No te casarás con ninguna salvo con aquella que su padre acepte comprar nuestro reino. Te he preparado la plenipotencia. Pedirás tanto oro como el peso de tu cuerpo (no digo de tu alma, ¡ésta no se puede pesar!). Y que nos aparten un ingreso anual de diez mil ducados.

Y cuando los pretendientes quieran apoderarse del reino, verán que lo pilló otro. ¡Las islas, los hombres y a ellos mismos!

Pasaron algunas semanas y entonces los pretendientes se olieron que faltaba el príncipe heredero. Al principio pensaron que se había quedado lejos, en las fincas, cerca de Eumeo, para no ver la penuria de su madre. Más tarde conocieron el secreto. Se pusieron hechos unas fieras. Aparejaron deprisa tres galeras y se echaron a la mar para tenderle una emboscada por la parte de Corfú. Para matarlo tan pronto como regresara…

Pero Palas estaba al quite. Cogió y volvió la isla de arriba abajo, el norte en el sur, como das la vuelta a una llave en su cerradura. Y mientras Telémaco volvía por el norte, aquellos lo emboscaban por la parte de Zante.

— Nadie aceptó comprar nuestro reino, fueron las primeras palabras de Telémaco al verme. En la anarquía en la que se encuentra, dicen, es necesario guerrear para cogerlo. Y sus pueblos están cansados. Sólo Alcínoo medio aceptó. Pero para más tarde. Primero que me casara con Nausícaa…

No hay tiempo para más tarde. Me quedan cinco días todavía. ¡No! No me convertiré en esclava de cincuenta tiranos. Prefiero recogerlo todo y largarme. A Esparta. A menos que los dioses hagan un milagro y me traigan de nuevo a Ulises. ¡Aunque fuera uno falso!

Si no (desde mañana mismo) redactaré mi testamento y regalaré el reino, por cuatro reales, a Alcínoo. Ya que no puedo cobrármelo lo malgastaré y me vengaré. Y que vayan y se enzarcen con Alcínoo, a ver quién le quita el reino.

CAPÍTULO XII. EL FALSO ULISES

¡Sucedió el milagro! ¡Vino! ¡Bendito El que viene! Ulises. ¡No el petrificado, claro! ¡No el verdadero! El Falso. El único que podía venir. ¿Ves? ¡es más fácil que venga uno falso vivo que uno verdadero muerto!

Y cuánto más colosal que el verdadero. ¡Entra dentro y se oscurece la habitación! ¡Te habla y se caen los enlucidos de la pared! ¡Y ponle que hasta más joven!

Sus manos y sus pies caen un poquito cortos en relación con su cuerpo peludo. Dirías que no tiene nuca. Y despide una extraña peste. Así olerían los duendes y los ogros de los cuentos. ¿Pero acaso alguna vez en mi vida he olido a un ogro o a un duende? Cuando me contó su historia lo entendí. El tufo que echaba era cerduno. Pero en cuanto te acostumbras no te molesta…

Dijo que vino a salvarme. ¿De dónde y cómo vino? Sin embarcación. Sin compañeros. Como caído del cielo.

Lo vieron muy de mañana saltar al Muelle y bajar al pueblo como la cólera de dios, tirando con una mano de dos monos y llevando en la otra una maza tan pesada ¡que el mismo Hércules no podría moverla!

Los pocos marineros que se encontraban en el puerto corrieron a ver al Titán y a sus monos. Pero aquel se paró de pronto y los miró tan intimidante que los desgraciados pusieron pies en polvorosa. Unos se agazaparon detrás de las rocas y otros se metieron en el templo de Poseidón, ¡pidiendo misericordia al dios!

Mientras sus fieras y él andaban a saltos y rápidamente, sus diez pies hacían volar a lo alto la arena, como una nube, ¡como si diez palas la aventaran en la era!

Pero aquel, sin volverse a mirar atrás y sin preguntar a nadie (¡como si fuera necesario! Mi palacio no necesita ningún guía: ¡se ve!), tiró con Igualdad y Libertad (así llamaba a sus monos ¡aunque eran machos los dos!) ¡directo hacia Mí!

Los guardias de la Puerta Exterior, nada más verlo, huyeron adentro y echaron la tranca. Y le gritaban desde la rendija.

— ¿Quién vive?

— ¡Mal rayo os parta!

Dio un empujón a la puerta con su hombro y la sacó de cuajo junto con sus goznes. Llegó al segundo portalón. ¡Nadie! Pasó también el tercero y entró en el patio enlosado. Allí en el medio, en el altar, justo enfrente de la entrada del *Megaron*[47], ató a sus monos y después, pasando el vestíbulo, entró en la gran sala. Y de allí tomó la escalera y subió al gineceo.

Los pretendientes y todo el personal del palacio se perdieron de la faz de la tierra. Se encerraron en sus habitaciones y en sus celdas…

Pero ¿cómo conocía los recovecos? Dirás que todos los palacios de Grecia tienen la misma traza. Pero nadie puede conocer todas sus particularidades. O sería un rey o haría de cortesano de algún rey.

Escuché estremecerse los escalones. Y el piso. Y pensé que subían arriba la estatua del finado. La había encargado hace medio año al mejor cantero de la isla, desnudo, de caliza amarilla, con las piernas abiertas (delante la izquierda, detrás la derecha), con los puños pegados a los muslos, con la sonrisa en la boca, sin bigote[48] — ¡que se pareciera a Apolo!

Envié rápidamente a Mirto para que parara a los porteadores. ¡La estatura no la quería para mi cama! La colocaré arriba en el Muelle, que mire día y noche el mar, tumba de valientes, que vea a su espíritu dar la vuelta al mundo, ¡si él se ha perdido!

---

47 Gran salón de los palacios micénicos.

48 Describe una estatua de la época arcaica, un *kuros*.

Mirtita volvió atrás presurosa y cayó a mis pies jadeante y pálida, como el corazón de la yema de huevo.

— ¿Qué ocurre? ¡Habla, pues!

— ¡Se... se... se... ñora! Cierra rápidamente la puerta... la apuntalaremos por detrás con mesas, baúles y camas... ¿Es Tritón con sus delfines? ¿Proteo con sus focas? ¿Encélado con su fragua?... Un demonio terrible está subiendo... Ha llegado el fin del mundo...

Y lloraba nerviosamente.

Salí a mirar por mí misma (ya sabía yo lo fantasiosa que era ella). En aquel momento se asomaba su coco un palmo por encima del peldaño del descansillo, como el caparazón de la tortuga de mar sobre el agua.

Me dio un vuelco el corazón. Pero no olvidé que era reina y diosa. Señora del mundo y de mí misma.

— ¿Quién eres?, le grité.

Su voz era como un bramido salido de la garganta del Etna. Pero no fue su voz lo que me asustó; me asustó más con lo que me dijo:

— ¡Ulises! ¡Tu marido!...

Y al punto me cogió a la fuerza con uno de sus brazos como a una muñeca, y me llevó a mi habitación. No alcancé a ver su jeta. Me depositó suavemente en la cama y me dijo dulcemente, como si cantara una tórtola:

— Eres como me imaginaba. Y aún más bella. Más hermosa, joven y divina que la misma Circe... ¡Penelopita!...

Y me acarició la barbilla.

— ¿Quién es esa...? ¿Cómo la llamaste?

— Lo sabrás todo dentro de poco.

— Y tú, ¿quién eres?

— El Mesías que has esperado durante años. El hombre más despierto y más fuerte del mundo. No tengo nombre. Me llamarás Ulises. Y, naturalmente, ¡me tomarás como tu marido! He venido a salvarte a ti y a los nobles. Es decir, a la Patria. Os uniré de nuevo. Y me amarás cuando me conozcas, como te amaba yo antes de conocerte.

Y su rostro se ensanchó para que cupiera su sonrisa satisfecha, que se desbordó más allá de sus mejillas y de sus bigotes. Y como entreabrió su boca, se mostraron en su mandíbula inferior dos dientes marfileños, mayores que el resto, ¡pero le caían bien!

No sé cómo pero me sentía a mí misma protegida junto a él.

— Conocí, me dice, a Ulises.

— ¿Lo conociste?

Y me levanté y me senté en la cama.

— Conocí al finado muy bien. Con sus compañeros estuvimos juntos bastantes días, encerrados en la misma pocilga…

— ¡No estás bien!

— Comimos en el mismo pesebre nuestras bellotas, nuestras drupas, nuestras castañas silvestres, nuestro salvado y las calabazas cocidas con pasas, para engordar. Nos revolcábamos en el mismo barro…

— ¿Qué disparates son esos?

— No tengas prisa como viuda en la cama[49]. Lo comprenderás enseguida. Todos nosotros éramos cerdos… ¿Cómo? ¿Cómo? ¿Quieres escupirme? ¡Ten cuidado! Sé que eres mujer sensata. Y curtida en la vida. ¡Ten cuidado! Con dos de mis dedos te corto en dos por la mitad, como las tijeras a la avispa.

Me achanté. Realmente quería escupirle. Pero ahora me venía un gran deseo de besarle.

— Ulises había perdido todos sus barcos y a sus compañeros en la isla de los lestrigones, unos endemoniados antropófagos. Mientras estaban fondeados sus barcos detrás de los farallones, los lestrigones llegaron sobre ellos, de pronto, con unas piedras tan grandes que un mortal

[49] Expresión para alguien que tiene mucha prisa.

ordinario no podría abrazar una, y arrojando como granizo ese enorme peso sobre las naves y los hombres, lo hicieron todo papilla. Sólo Ulises consiguió cortar las amarras de su propio barco y remando con todas sus fuerzas alejarse a mar abierto y salvarse con una cuarentena de individuos. Pero sin timón.

Afligido como para morirse. Con una tempestad embravecida los arrastró el noto a la deriva y como le vino en gana. En pocos días llegaron a la isla de Eea, donde reinaba una bellísima maga divina, hija de Helios y de la oceánide Perse, hermana del rey Eetes y tía de Medea, ¡todos ellos magos y matarifes de sus hijos!

Sobre las rocas, en un collado, rodeado de pinos incólumes y de un inmaculado cielo (debajo palpitaba el mar como un corazón enamorado), brillaba el marmóreo palacio de la reina, con los frescos rojo-azulados en sus paredes, con las cobrizas bisagras y la corona de lapislázuli; con el broncíneo umbral y con el argénteo dintel, y con las áureas argollas en cada puerta. Brillaba al alegre sol del Gran Mar, ligero como si fuera inmaterial, como si no estuviera enraizado en la tierra, sino que colgara de la bóveda celeste como una cristalina araña…

En el inmenso jardín, cercado a su alrededor con altas rejas de hierro, paseaban faisanes, pavos reales, leones, lobos y osos, mansos como humanos (¡y eran humanos!). ¡Allí dentro la única fiera era Ella!… La diosa más bella, al menos la más exótica. Sus cabellos no eran ni rubios como los de Afrodita, ni morenos como los de Atenea, ni castaños como los de Ártemis. Tenían todos los colores. Y sus ojos verdes como los de una gata. Sus ojos hechizaban aún más que sus filtros.

Sentada en la solana, en un escabel de marfil, giraba la lana con su dorado huso y cantaba tan apasionadamente que Ulises, antes de escuchar su voz con sus oídos la escuchó con su corazón, como un repentino desmayo. Tuvo miedo. Sensato y escarmentado como era, no se decidió a ir a pedir ayuda él solo. Y envió a su timonel Euríalo[50], un tesalio receloso y desconfiado, junto con otros veinte, a examinar si allí vivían hombres o dioses: ¿buenos? ¿malos?

La maga los esperaba. Dejó el huso y la canción; ¡y se produjo tal profundo silencio que se escuchaba incluso hasta el agua que corre por las venas de los árboles!

Y la bellísima bajó al patio y abrió la puerta ella sola. Los llamó adentro y les dio la bienvenida ¡a cada uno con su nombre! Los conocía a todos. ¡Una maga de verdad!... Solamente se quejó porque no había ido también su Capitán de mucho mundo, el gran Ulises, y porque quizás Eurílo se había escondido detrás de una encina para vigilar. Hubiera querido mucho el «atenderles» también a ellos, ¡besar las manos del rey igual a un dios!

Enseguida los condujo al baño (¡para desalarlos, claro!). Y ayudada por sus más bellas sirvientas, cada una de ellas hija de un río, de una fuente o de un árbol, los lavó, los perfumó, los vistió con vestidos de seda, los hizo, es decir, «hombres», ¡para hacerlos al poco cerdos!

— ¡Toma!

— Después los sentó a una mesa de nogal, siempre sonriente, melosa, zalamera y emocionada porque acogía a los amigos de Ulises. Y de cuando en cuando pedía perdón porque no había tenido tiempo para prepararles una cena mejor; pero aunque hubiese tenido tiempo no hubiera podido, ¡había perdido la cabeza! Tanto le abrumaba el honor que por primera vez le hacían unos huéspedes griegos. ¡Ni aunque hubieran sido dioses!

Junto a cada uno de ellos se sentó también una de sus nereidas. Para invitarlos. Y ellos, como les había abierto el apetito el baño, comían como... cerdos, (hacía meses que no tomaban una comida caliente); y bebían, bebían candiles sin mesura. Al final se habían cocido tanto que se quitaron la ropa y los zapatos.

---

[50] El autor confunde aquí a Eurílo con Euríloco (*Odisea* X, 205 y ss.).

— ¡Con libertad! ¡Con libertad! ¡Como en vuestra casa con vuestras mujeres!, les gritaba siempre amable la divina maga.

Y ellos, avispados, ¡«pillaron» el punto! Se levantaron para cantar y bailar con las muchachas.

Y cuando los infelices abrieron su boca para cantar, vieron que de su garganta no salía un habla humana, sino gruñidos; y cuando tendieron las manos para abrazar a sus amiguitas, vieron que no tenían manos, sino patas, y no dedos, ¡sino dos grandes uñas! Y cuando, sorprendidos, se miraron entre sí, vieron que no tenían rostro, sino jeta de gorrino, cerdas por todo el cuerpo (¡un gran cepillo en toda la columna!), dientes de jabalí en la boca ¡y una colita retorcida detrás!

¡Ya eran cerdos!

Y entonces cayeron por sí mismos a cuatro patas, ya no podían mantenerse erguidos.

— ¿Cómo sucedió eso?

— La Maga de dulce sonrisa les había echado dentro del vino sus gotas mágicas... Cuando cayeron a cuatro patas, se echaron a la carrera como endemoniados dentro del comedor; ¡endemoniados de alegría! Volcaron las sillas, los platos, los vasos, los floreros y se mordían el uno al otro, de alegría. La Maga los contemplaba y se reía de forma estridente, ¡como si silbase una serpiente!

Los criados, que sabían de antes su trabajo, los pusieron en marcha a palos y a patadas y los sacaron fuera, al patio. Y aquellos, apenas salieron afuera, se dieron a la fuga por la puerta, para escaparse a los montes, para disfrutar de su libertad, y de su nueva alma. Sin embargo los criados, de nuevo a palos y a patadas, los reunieron y se los llevaron a todos, y los encerraron en la pocilga más grande.

— Doy gracias a los dioses porque Ulises se libró de ella.

— Era mi pocilga. La más cuidada y espaciosa de la hacienda. Porque yo era cerdo de nacimiento, encerrado allí dentro. Allí reiné durante cinco años. Era el archijabalí semental, nieto de Erimanto, el Antepasado, y hermano de tu «Ulises» (el jabalí). Siendo yo pequeño, aún mamón, me trajo a la isla Hércules y me regaló a la Maga, cuando, de camino a las manzanas de la Hespérides, ¡se quedó prendido de las manzanas de ésta!

En sus brazos Circe me crió con la tetina. Y me llamó Hércules. Pero cariñosamente me llamaba Bubi. Y cuando crecí y me convertí en una fiera, le gustaba sentarse sobre mi nuca, como Cibeles en el lomo de los leones, ¡y pasear por la finca!

Me construyó una pocilga como un palacio. No me faltaba de nada. Pero me apenaba mucho estar solo. Y las marranas que me llevaban de cuando en cuando para hacer descendencia, duraba poco su compañía. Todo el resto del tiempo dormía, y cuanto más dormía tanto más engordaba, y cuanto más engordaba, tanto más no me movía, ¡llegué a tanto que los ratones construyeron nidos en mi jamón! Por eso, cuando me llevaron a los veinte cerdohombres de Ulises, los recibí con mucha alegría y enseguida llegamos a ser íntimos amigos.

Ahora que tenía compañeros, me animé y rejuvenecí. Les decía en mi lengua (gru, gru, gru, i, i, i… f, f, f…) qué buena era nuestra Señora. Y ellos me respondían con gestos: «pero ¿cómo se lo decimos a ella?»

En la comida no nos peleábamos. Era abundante y cabían todos los hocicos juntos dentro del pesebre. Incluso las gallinas se colaban dentro, así también comían los ratones y los gorriones. Déjalos…

Después nos echábamos uno junto a otro a dormir y a soñar… ¿Cuántas horas? Y nuestra mayor felicidad era cuando a las tantas, a media tarde, llegaban los criados a despertarnos. Ponían la manguera en el grifo de la fuente y con la bomba nos echaban abundante agua fría… y se divertían al vernos caer rodando, jugar al corre que te pillo y al burro, refrescados, limpios, de buen humor…

Y después, de nuevo comida y de nuevo dormir y soñar. ¡Vida regalada!

Circe no dejaba ningún día de bajar para enorgullecerse de nosotros. Miraba con ternura a mis nuevas compañías, les hablaba dulcemente, les sonreía. ¿Era amor? ¿Era odio? ¡Quién puede saber desde el principio qué significado tienen la sonrisa, el habla y la mirada de la mujer! ¡Esto se aprende después de algún sufrimiento!...

¡Comencé a tener celos! Porque ahora me había olvidado. ¡Y siempre temía que tomara a alguno de estos para sentarse en su cogote y salir de paseo!...

— ¡Acaba! ¡Quiero saber de Ulises!

— Pero un día hete aquí a tu Ulises, espantoso y tremendo. ¡El varón de juicio parejo al de Zeus encontró la forma de salvar a sus valientes!

Había salido al bosque para encontrarse con Hermes, su bisabuelo. Lo llamó tres veces por su nombre. Y el dios, el Chico, lo escuchó y bajó del Olimpo con sus seis alas (dos en los pies, dos en el gorro y otras dos en su vara). Sacó y le dio una planta mágica, el «moly», que tenía la raíz negra y la flor como leche:

— Cógela y echa hacia la Maga sin ningún temor. Comerás y beberás lo que te dé. Pero a escondidas echarás en los platos y en los vasos un poco de la planta. Y cuando haga que te golpea con su varita mágica, para transformarte también a ti en cerdo, cógela del gaznate y tírala a tierra, al suelo, con tu rodilla sobre su vientre.

Y así sucedió.

— ¡Deprisa, mis compañeros!, le gritó mientras le apretaba el cuello y la pisaba con la rodilla en el vientre.

— Te los traeré, pero... ¡no me abandones! ¡Te he esperado durante años!...

— ¡Primero mis compañeros!

Se levantó temblando como la hoja del álamo, ¡no por miedo! Por amor. Se bajó la falda que se le había subido hasta los sobacos y cogiendo a Ulises del brazo lo llevó hasta nuestra pocilga. Nos miraba el hijo de Laertes con pena. Pero nadie le prestó atención. Yo no le conocía y los demás no lo recordaban.

Pero para nuestra señora hicimos muchas gracias y corrimos a sus pies, con nuestros ojitos medio cerrados, esperando sus caricias. Y ella, entonces, roció al tropel con algún agua bendita. Pero el milagro que esperaba Ulises no fue nada ante aquel que no esperaba ni Él ni Circe:

Junto con los demás me pilló también a mí la rociada. Y me convertí también yo en humano. ¡Veinte aquellos y uno yo! ¡Pero nadie se dio cuenta! Todos nosotros perdimos de una nuestros colmillos de jabalí, nuestras cerdas, nuestra cola y nuestras uñas, y nuestras cuatro patas. Y nos plantamos a dos pies, derechos y esbeltos.

Y lo que sucedió después no lo esperaba nadie, ni Circe ni Ulises, y yo mucho menos.

Ulises esperaba que cayeran, primero, llorando de alegría, abrazándose uno a otro y después todos juntos caerían a sus pies a besarle las manos, porque les había dado de nuevo su alma y su espíritu de vuelta: ¡patria, padres, hijos y dioses!

¡Nada!

Todos ellos se quedaron parados, perplejos, y se frotaban los ojos, como si hubieran salido de una tumba y les deslumbrara la luz repentina. Y su lengua en vano daba vueltas y palpaba entre los dientes y el paladar para encontrar las palabras.

Cuando se recuperaron rompieron en un negro lamento:

— « ¡Qué mal nos has hecho, cenizo! ¡Donde vas y te paras, te persiguen los dioses y llevas la desgracia a ti mismo y la muerte a los demás! Solamente una vez, ahora, nos salió para bien de los dioses la adversidad. ¿Por qué nos has vuelto a hacer humanos? ¿Te lo hemos pedido? ¿Nos has preguntado?

¿Qué hacemos con el «a imagen y a semejanza» de los dioses en la jeta cuando nuestra jeta y nuestra alma están marcadas con el sello candente del esclavo?

Habíamos olvidado todo. Para nosotros no existían pasado ni futuro. Solamente el hoy. No sabíamos que existe la muerte. Y si un día nos degollara nuestro amo o nos desgarrara un lobo, esto sucedería una vez, sin nosotros saberlo y no como ahora, que sucede cada día y poco a poco, ¡y lo sabemos!

Nos has pelado las cerdas y nos has raspado el fango de nuestro pellejo, y nos has vuelto a llenar el alma con peores fangos y cerdas: ¡mentiras y engaños de los demás, tristezas y tormentos nuestros!

¡Vuelve a convertirnos en cerdos! Y suéltanos por los montes y los matorrales. Que corramos como una piara arriba y abajo; que pasemos nadando los ríos desbordados en las primaveras, que comamos raíces, juncos y apio silvestre, que desenterremos con nuestro hocico bulbos y trufas y topos en el invierno. Sin ataduras, sin amos y, en consecuencia, ¡sin dioses! Y sin ideas, que interesan a los antropófagos. ¿Y los lobos? ¡Si pueden, que nos cojan! ¡Mientras que ahora los Lobos nos tienen atados!...».

Y llorando le cogían las rodillas y le rogaban que les devolviera su grueso pellejo, las cuatro patas, la cola y los dientes de jabalí, ¡y la inconsciencia!

Y Pseudoulises paró por un momento su historia, me miró maliciosamente a los ojos y me preguntó:

— ¿Qué has entendido?

— ¡¡ !!...

— ¡Yo te lo voy a decir! El pueblo esclavo en cuanto lo haces más cerdo tanto más no comprende y disfruta. ¡Sobre esta primera verdad cimentaré nuestro propio reino!

Si estuviera presente Tersites les diría él: ¡Luchad para romped vuestras cadenas y comeos vosotros a los Lobos! ¡Por eso colgaré a los Tersites!

Y después continuó.

— Yo escuchaba todo esto, pero no comprendía nada. ¡Ves, un hombre recién dado a luz! Y palpaba mi cuerpo por delante y por detrás y me parecía un asunto muy extraño y antinatural. Y apretando mi cabeza con las dos manos, la meneaba como hacen tintinear los niños su hucha en la oreja, para adivinar cuántos cuartos tiene dentro. La meneaba para poner mi cerebro en marcha.

Más tarde comprendí que no hay cosa más fácil que pensar correctamente y juzgar correctamente. Todo lo encuentras preparado: los dioses, tus señores, las verdades, las leyes (escritas y no escritas), los «mitos» y las cadenas o el látigo en las manos: ¡esclavo o amo! Parecía que ellos habían nacido esclavos. Sin embargo yo, había nacido amo. Yo, que reinaba entre los cerdos, reinaré también entre los hombres. Yo, que nací a cuatro patas y que me arrastraba por la panza, me alzaré derecho para siempre; y todos se arrastrarán ante mí por la panza, y a cuatro patas. En los rediles era el Macho y me daba de comer la Maga; en la ciudad seré también de nuevo el Macho y me darán de comer los pueblos. En los rediles las marranas me temían y me querían; en la ciudad nadie me querrá y todos me temerán. ¡Me temerán todos y no me querrán!

Cuando Circe nos contó encontró que uno de nosotros sobraba. Ulises separó a los suyos y quedé yo, el más formidable de todos, apartado.

— ¿Tú quién eres?, me preguntó la Maga.

— Bubi.

— ¡Bien!

Acompañó hacia fuera a Ulises y a sus compañeros, para que se fueran lo más rápido posible ahora que se había calmado el tiempo. Le dio provisiones abundantes y un timón. Y después fue y cayó en la cama. Enfermó como Fedra. De amor. Por mí.

Mientras tanto me acomodaron en la mejor habitación del palacio. Y se deshacían sus nereidas por que no me faltara de nada. Y como los compañeros de Ulises, cuando se convirtieron en cerdos, olvidaron su vida anterior, la humana, así también yo, cuando me convertí en humano, olvidé mi vida anterior, la de cerdo.

Al tercer día me llamó a su alcoba. Para que la sanara... Me entregó las llaves de sus tesoros, y los secretos de su arte. Con sus cabellos me enjugaba los pies y me ponía en el suelo las flores más caras para que pisara sobre ellas. Prefería ser mi esclava en vez de reina, ¡mi hechizada en vez de hechicera!

— Ahora, me decía, he comprendido mi inmortalidad. Si me abandonas, ya no podré hacerte mal, conoces todo mi arte, pero ni siquiera puedo morir, ya que soy inmortal. Pero subiré al acantilado y caeré al mar, para convertirme en sirena. Te buscaré por todo el mundo. Cogeré los barcos y les preguntaré: «¿Me quiere mi Bubi?». Y cuando me digan « ¡Te quiere! », les dejaré que se vayan y cuando me digan « ¡No te quiere! », ¡los hundiré![51]

Viví con ella algunos años felizmente. Rey, Mago y Dios. Fuerte, hermoso, sabio e inconsciente.

Pero poco a poco me agobiaba la isla. Se me quedó pequeña. Quería echar alas. Extenderme en todo el espacio, en todos los tiempos; desde la tierra hasta las estrellas, y de desde el Hoy hasta el Siempre. Cambiaré rostro, lengua y nombre; cambiaré lugar y época. Pero siempre seré Yo. El Cerdo.

Me convertiré en patriarca de un nuevo tipo de superhombres aventureros: los dictadores. Clavaré la tierra para que no avance, así progresará. Nadie pensará, ni hablará ni querrá. Solamente yo pensaré, hablaré y querré...

Supe que habías enviado a vender el reino y corrí a volvértelo a dar de nuevo, ¡este y otro tanto! Y te lo convertiré en un paraíso. Con el terror y con el crimen. Y después avanzaremos más allá...

¡Y ahora, al trabajo! Ya mañana te quitaré de encima a los pretendientes. No los mataré. Tanto me necesitan ellos como yo los necesito. Se

[51] Referencia al mito de la sirena hermana de Alejandro Magno.

convertirán en nuestros mejores amigos. Solamente los echaré. ¡Y ya me rogarán que les deje marchar!...

Mientras tanto se habían juntado detrás de la puerta del patio, príncipes, criados, soldados y miraban por los agujeros y por las rendijas a los monos. Pero ninguno se atrevía a empujar la puerta...

Y fuera, en la plaza, se había juntado mucho pueblo. Para saber qué ocurre. ¡Qué tipo de gitano era este salvaje!

Ulises (así lo llamaré desde ahora) envió a Dolio a los pretendientes. «Nuestra venerable Augusta ordena: mañana a las diez os invita a que la esperéis con vuestro mejor traje y con vuestras espadas en el gran salón. Os hará el honor de hablaros».

Después lo envió a subir a una de las torres de la Gran Puerta, para que gritase al pueblo: «Id a vuestras casas y mañana por la tarde volveros a reunir. Conoceréis importantes noticias».

Aquella misma noche Pseudoulises cogió a sus monos (Igualdad y Libertad) y los encerró dentro de una gran jaula de hierro, con cuerdas, con anillas, con escalas (para que jugaran) y apoyó la jaula en la pared del salón, frente a la entrada.

Desde temprano los príncipes esperaban en el salón y se miraban confusos. Afuera, en el patio, estaba formada la guardia.

A las diez y un minuto en punto bajamos también nosotros con toda la pompa de la «clase real». Cuando entramos dentro (Ulises repeinado, ensortijado, perfumado, llevaba su maza en la mano), los príncipes saludaron a la reina – la Novia. Pero sus ojos tanteaban al «extranjero».

Y Eurímaco, que no temía las palabras, rechinó con enfado:

— ¿Quién es este? ¿Para qué nos lo has traído?

Y Ulises respondió con su atronadora voz:

— Éste es vuestro rey Ulises. Y no me trajo la reina. Me trajeron los dioses.

Y levantando su puño, grande y pesado como una bola de hierro:

— ¡Desde hoy gobierna este puño! Lo que comisteis y bebisteis en mi casa hasta hoy, ¡agua pasada! Ahora, con viento fresco. Por las buenas. Porque quiero vuestro bien. Que nos separemos como amigos. Pero si...

— ¡Quia! Y ¿de dónde nos echas? Esta es nuestra casa. Nosotros gobernamos ahora. Nosotros somos los reyes. El poder de uno se ha convertido en poder de los Cincuenta.

¿Y quién te toma por Ulises? ¡No te le pareces en nada! Mira: (y sacó de su bolsillo una moneda de plata). Para que veas. Uno es este y otro eres tú.

Ulises sonrió amargamente, como un tigre, cuando agarra entre sus mandíbulas el hocico del búfalo.

— ¡Van ya doce años! He vagado por toda la tierra y todos los mares; he bajado al Hades y he subido al Olimpo, ¿y quieres que no cambie? Lo sabéis que he pasado dos años petrificado. Y cuando los dioses quisieron resucitarme y comenzó a ablandarse el mármol, es muy natural que se me estropeara algo mi figura.

Y ahora te guste yo o no te guste, me reconozcas o no me reconozcas, yo ordeno. ¡Lárgate el primero!

Eurímaco, que estaba de pie en la parte derecha de la mesa, echó mano a su espada... Ulises, tranquilamente, extendió su mano y lo agarró del cogote. Lo levantó a lo alto y lo arrastró sobre la mesa como un trapo. Todos los floreros, los vasos y los platos, los lanzó más allá y se hicieron añicos. Se produjo un gran revuelo. Todos los príncipes se juntaron en masa en el borde opuesto de la mesa y tiraron de sus espadas.

Y Ulises, levantando en el aire a Eurímaco, lo arrojó como una pelota de goma sobre ellos y poco faltó para que se clavara en sus espadas.

— ¿Os vais o no os vais?

Y agitó sobre su cabeza su enorme maza, como los chiquillos la cetonia, atada por la pata con un hilo, para que zumbara.

— ¡De una vuelta os echo a tierra también a los cincuenta!

Y entonces uno a uno, volviendo a meter las hojas en la vaina, se alejaron para irse.

Y Ulises les dijo:

— Así no. Dadme la mano, ¡amistad y amor!

— ¿Podemos recoger a nuestros guerreros?

— Se quedarán aquí. Pero os daré de los míos para que os guarden. Podéis ordenarles que aten, que azoten, que ahorquen. Pero en mi nombre. Cada uno de vosotros será de nuevo señor, juez y matarife de su principado. Pero con mi fuerza. Y esta fuerza, con el estar concentrada en las manos de Uno, se moverá deprisa y a la vez en el caso de un nuevo levantamiento. Pero no volverá a suceder. Será tal el miedo al rey que todos se quedarán paralizados…

Cuando se vació el Sagrado Palacio, Ulises abrió la Gran Puerta y subido en el carro más brillante del finado y con mucho ejército a derecha e izquierda, salió a la plaza:

— El rey de Ítaca, de Zante, de Cefalonia, de Santa Maura, de Pétalas y de Rumelia, Ulises I, el Conquistador, os habla.

¿Me habéis reconocido? Después de diez años, los dioses me han restituido a Mi pueblo. Este sol desde hoy iluminará el más hermoso de los mundos y a los más afortunados mortales. Y no se pondrá nunca en mi gobierno. Porque el sueño de tantas generaciones, el sueño de la Gran Ítaca, yo lo realizaré.

Trabajad callados, sin pensar, y dormid despreocupados, sin tener miedo. Yo pensaré y me desvelaré por vosotros. Amad a los señores, que los dioses os dieron, como también ellos respetan a los dioses que les dieron a Mí como su señor.

Cuanto más trabajéis seréis tanto más libres, y se fortalecerá la patria. Y este sol se cansará en escribir en el cielo con su lapicero ígneo el milagro de la tercera civilización itacense.

Dirigíos ahora a vuestras casas como niños formales. ¡Y con canturreos!...

Se marcharon todos con la cabeza baja y con una aflicción insoportable en el alma. ¡Desde hoy el sol no luciría para ellos!...

Subió después de tres en tres los escalones del gineceo y fue a mi alcoba. Frunció las cejas hasta la raíz de su nariz e, inclinándose sobre mi cara, me preguntó.

— ¿Dónde tienes las perras?

— ¿Qué? (y salté arriba). ¿Cómo has dicho?

— ¡Las perras!

— Te he dado el reino, el nombre de Ulises y a mí misma. ¡Las perras me las darás tú a mí!

— Eso haré. Te vaciaré la caja una vez y te la llenaré diez.

— ¿En diez años?

— En pocos meses. Y a espuertas. Dejaré pelados a todos... Ahora me son necesarias las perras para preparar un gran ejército y policía, la que se ve y la secreta. No esperaré a que estalle el mal para golpearlo. Lo golpearé antes de que estalle. Llenaré los pueblos y las ciudades de oídos. Para conocer qué se cuece en el coco de cada uno, hasta la última choza ¡y hasta la última cuna!

De la cuna cogeré a los niños y los moldearé como traidores a sus padres, asesinos de sus hermanos. Llenaré los islotes y las cárceles con todos los hombres libres, para que queden afuera sólo los esclavos. Podría convertirlos en cerdos. Pero yo no necesito chuletas, necesito trabajo y dinero.

Gobernaré con tal falta de humanidad que cuando quisieran los dioses llevarme un día al Olimpo, no podría ningún otro gobernar el mundo, a no ser que sea diez veces más deshumanizado.

— Eres sabio. Más sabio incluso que el viejo Néstor.

— ¿Cuántos años me haces?

— ¡Cuarenta o cuarenta y dos!...

— ¡Sólo diez años, casi once!

— ¿Eh?

— Seis años humano y cinco cerdo. ¡Pero los cinco como cerdo equivalen a treinta de humano!

— ¡Mi Bubi!

— ¡Naturalmente (la verdad de Perogrullo) la Historia escribirá que soy dios e hijo de dioses!

CAPÍTULO XIII. EL CUENTO

Cuatro años. Los mejores años. Los más arreglados del mundo. De una parte el sudor y de otra la Mente; de una parte la taciturnidad y de otra el baile; de una parte la diosa Hestia y de otra la diosa Nice.

La tercera civilización itacense.

Como un cuento.

Ya han pasado, de nuevo, otros cuatro años. Los peores años. Los más agitados del mundo. (¿Por qué ha de existir un mundo ya que no existe un reinado?). Se derrumbaron los cielos y el sol y se precipitaron de cabeza en las profundidades del abismo. Porque se cortó la columna que los sujetaba: nuestro trono.

Como un cuento...

Cuatro años ahora que rodamos por el extranjero, cortados de nuestra raíz. ¿Y quién es el leñador? ¡El pueblo! ¡Qué otro!

Decía a Ulises (el Pseudoulises):

— No consigues nada mimándolos demasiado y liquidándolos uno a uno o de cinco en cinco. Rebrotan diez veces tantos. Y peores. Córtales a todos de golpe los dedos gordos de pies y manos. Para que no puedan correr por los montes cuando los cazamos; y para que no puedan coger la espada y el arco cuando nos cazan.

— Pero tienen que coger la azada, el martillo y la hoz.

— Con ambas manos. Que se cansen más y que no tengan tiempo ni fuerzas para pensar.

Rió todo inocencia.

En verdad, qué bien pasaron todos los primeros cuatro años. Ulises gobernaba el Barco a todo pasto. Y yo la Casa con mi «tacañería». Y el reino se convirtió en una muñeca, como esas que las tiendes boca abajo o boca arriba y cierran los ojos.

Le gustaba verme abajo, en la habitación, tejer en el telar con mis manos las frazadas, las franelas, los sayales. Le gustaba que le unciera yo sola sus mulas, las de ancas doradas y pies como el viento; y cuando se acomodaba en el banquillo, que le entregara en sus manos la fusta (una vez que la había besado), el símbolo del poder y de la virilidad.

¡Una verdadera familia griega!

Y él no dejaba celebración ni fiesta sin ponerme junto a él en un trono alto: para que viera y que me vieran. De cuando en cuando en medio de la plaza (¡y la gente alrededor para que se acostumbrara y aprendiera!) colgaba en las horcas o decapitaba con la tajadera o con el hacha de carnicero a los incorregibles. En un alto trono, para que no me perdiera ningún espasmo del rostro, ninguna convulsión del cuerpo.

¡El Padre! ¡Qué sentimental!

Los dos brazos del Jónico llegaban más lejos por miedo: para que no nos rozaran. El sabio Alcínoo nos envió un arreglo matrimonial para Telémaco. Nos daba a su fragante hija con un montón de dote, para salvar su reino.

Nuestros barcos corsarios rondaban los mares desde las tortugas de Albania hasta la cal de Cerigo; y desde el tacón de Calabria hasta la doble hacha de Minos.

Todos los pretendientes de antaño se convirtieron en capitanes, mercaderes de esclavos y banqueros. El Pactolo del oro murmuraba en los bastiones palaciegos y en las cajas de los señores, y el Pactolo del Amor. Y el refrescante eco del primero y el cálido del segundo refrescaban y caldeaban también hasta la última chabola de los pueblos.

Pero…

Dos pueblos bárbaros, licántropos[52] y chacalántropos[53], que tenían por antepasados lobos y chacales, entraron en tropel desde sus lejanos bosques y desde sus islas, negros y lúgubres en su alma como sus bosques y sus islas, cabezas cuadradas y antropófagos como lobos, taimados y carroñeros como chacales, y cayeron un número innumerable, uno sobre el otro. A comerse la tierra y los mares. Y aullando, quemando, destrozando, se acercaron a nuestro pacífico paraíso.

Primero llegaron los lobos. De un gran salto desde Rumelia pusieron el pie en Santa Maura y en Cefalonia. Tras ellos corrían jadeantes con sus barcos los chacales. Y avisaron a Ulises que resistiera a los lobos. Y si era vencido, que huyera y que más tarde lo volverían a traer atrás más fuerte que al principio.

Ulises quería entregar el pueblo a los lobos, para salvar su trono. Pero el pueblo no quería. Al fin y al cabo los mares estaban abiertos: en manos de los chacales. Si se las veía negras embarcaría y se largaría.

Pero no dejaría a su pueblo solo. Lucharía también él desde lejos para la victoria de la Justicia. Y la razón la tendría el que venciera de los dos. Y él, Ulises, natural y honestamente, iría con el vencedor.

No teníamos tiempo para muchas cavilaciones. Ni el velo de Leucótea (es decir, mi mentira) podía ayudarnos; ni los sortilegios de Circe alcanzamos a ponerlos en marcha. Y a mi hijo Pan, al que di a luz el año pasado y tenía ahora mil años, no lo encontraba por ninguna parte. También él, atemorizado, se había agazapado en los matorrales de Arcadia, entre gran cantidad de bellotas y cabras monteses.

Ulises llamó al pueblo a defender las «sagradas tierras de la patria, las tumbas de los antepasados, los altares de los dioses, y la libertad». (¡Bien lo pergeñó!).

---

52 Los alemanes.

53 Los británicos.

Y el pueblo cogió las armas y luchó como un león. No por la tierra, que no era suya; no por los antepasados, que no tenía, ni por los dioses que lo tenían desheredado; ni por la libertad de los demás. ¡Así decía! Luchaba para arrojar a los ladrones, a los extranjeros y a los nacionales. Y así conseguiría tierra, patria, dioses y antepasados, y su propia libertad.

¡El desagradecido!

El pueblo luchaba en las montañas y en el mar, y Ulises no tenía tiempo. Preparaba sus baúles. Y apenas antes de ser vencido el ejército, sus comandantes lo entregaron a los enemigos. Y entonces Ulises ¡qué iba a hacer! Cogió el Tesoro, nuestras alhajas y la baraja; me cogió a mí, a Telémaco y a Mirtita (el viejo Laertes nos había dejado hace años); cogió también a sus consejeros más fieles, se embarcó en una nave de los chacales y se fue. Nos fuimos… para seguir mejor la lucha. Hasta el final. Éramos la levadura de la nación… Y sin levadura no se hace pan.

Al día siguiente de irnos entraron en Ítaca los lobos. El pueblo se encerró en sus casas. Mientras que los príncipes, los generales y toda la plana mayor del estado salieron con sus medallas y sin espadas, y a la cabeza el Arcipreste, que apretaba sobre su pecho la Sagrada Mitología; con la fanfarria delante y las muchachas de la aristocracia detrás, llevando en sus sutiles manos de lirio flores y coronas; y recibieron con júbilo y orgullo a los vencedores. A los «salvadores».

Eurímaco les agradeció por el gran favor que habían hecho a Ítaca al salvarlos de los chacales; y por el gran honor de declararse antepasados de los griegos.

Después les entregó en una bandeja de plata las llaves de la ciudad y del Tesoro, de lo que había quedado. Les entregó también todos los barcos, los depósitos de armas del estado y todo el trigo y el aceite del pueblo, y su ganado. Les entregó todos los libros para que los quemaran, todas las escuelas para que las convirtieran en cárceles y todas las iglesias, para que el pueblo rezara para que no se fueran. Y todas las fichas de los anarquistas.

Los «salvadores» nombraron a Eurímaco Gran Visir. Y a todos los señores sus consejeros. A ninguno de ellos les tocaron ni sus bienes ni sus privilegios. Los dejaron tranquilos y honrados en sus haciendas, en sus serrallos, en sus harenes, en sus cajas fuertes y en sus contrabandos. Pero a los pobres se lo quitaron todo. Hasta su último bocado y su último centavo.

Y cuando el Gran Visir, con su dulce sonrisa preguntó al viejo Capitán si el reino mantendría su antiguo nombre o le habría de quitar el letrero y el estandarte, el extranjero respondió:

— Más tarde pensaremos en la fachada. Ahora quiero la esencia. De los nobles la ayuda y del pueblo la esclavitud.

Desde el siguiente día ya el Gran Visir y los principales señores pusieron en marcha los periódicos, el púlpito y el pupitre para enseñar al pueblo que los lobos son sus salvadores y que los chacales y los anarquistas son los enemigos, tanto de los dioses como del género humano. Y determinaron que el bendito día en el que entraron los salvadores por vez primera en Ítaca se celebrara cada año como fiesta nacional.

Hambre, enfermedades y mortandad segaron a los pobres. Dinero y cargos almiararon los amos. Y nos enviaban ocultamente mensajes de que trabajaban para nosotros. Nos preparaban el camino del regreso. Si al final vencían los chacales, nos harían volver a nuestra Ítaca, sin vencían los lobos, ellos nos volverían a traer.

Pero volvamos de nuevo a nuestro «cuento».

La providencial entrada de los lobos se alzó milagrosa. Tranquilidad y orden reinaban en todas nuestras islas. No salía hombre alguno a la calle; no levantaba carro alguno el polvo; no manchaba nada de alquitrán los puertos; no ladraba perro alguno; no maullaba gato alguno; no segaba yuntero alguno. Los hombres tenían miedo; los carros los cogieron los lobos; nuestros barcos los chacales; perros y gatos se los comieron los hambrientos; y los campos los sembraban los yunteros, pero los segaban los «salvadores», según su razón, ya que por nosotros luchaban.

Y entonces sucedió algo increíble. Ni en los cuentos.

Muy pocos al comienzo y después grandes tropeles se echaron al monte, ¡el pueblo! ¡Otra rebelión! Con hachas, con hoces, con porras, con lo que cada uno podía. ¡Para liberar a la patria! (Para robar y arrasar, es decir). ¿Quién les dio el permiso? ¿Nos preguntaron acaso? ¿O, al menos, a nuestro representante Eurímaco? Destrozaron nuestra «lucha», ¡y nuestros cálculos!

Golpeaban a los Lobos, a los «salvadores», donde les pillaba. No les dejaban asomar las narices fuera de las ciudades en campo abierto. Les cogían las armas; les saqueaban sus almacenes, como si fueran de su papá; les demolían los puentes, ¡como si fueran de otros! ¡Y durante la siega les impedían coger la cosecha de los campesinos!

¡El tropel se convirtió en ejército! Y ahora el miedo no subía de las ciudades a las montañas; ¡descendía de las montañas a las ciudades! ¡Cuantos lugares cogían y aseguraban, lo hacían estado popular y lo llamaban patria libre! Con gobierno, con parlamento, con tribunales, con escuelas, ¡y con un trabajo de perros para pequeños y grandes! (¡Me alegré!). Y con mujeres ministras, mujeres diputadas, mujeres juezas. ¡Y mujeres soldados, con fusil, con refajo, y con calzones! Es decir, ¡anarquía al completo!

Los Dioses y los lobos se enfadaron. No podían soportar tal injusticia. Los lobos se volvieron dos veces más lobos, y los Dioses dos veces más come-esclavos.

Los «salvadores» invitaron a los nacionalistas, a cuantos les dolía su tierra, a que tomaran las armas para defender a la patria, las tumbas de los antepasados, los altares de los Dioses ¡y la libertad! Puede que fueran carne de cañón, pero el sagrado objetivo y el salario bueno los purificaba. Junto con los lobos rabiosos los mercenarios golpeaban con más rabia a los traidores. Unos con las armas y otros con el chivatazo. Lobos, dioses y patriotas pegaban fuego a los pueblos de los rebeldes, los colgaban o los degollaban a cuantos caían en sus manos, y muchas veces los quemaban vivos. Y entonces los rebeldes degollaban y mataban también ellos a los «patriotas».

Los chacales se reían desde lejos.

— «No lo toméis a mal, nos decían. Nosotros ayudamos a vuestra lucha por el orden y la libertad. Cargamos barcos y enviamos armas a vuestro Visir y a los lobos, para que se las den a los patriotas. Hemos organizado también tropeles de patriotas y los hemos enviado a las montañas, como para sacudir a los extranjeros, pero en realidad para sacudir a los traidores por la espalda. Hemos organizado la guerra civil y así preparamos la libertad de los sensatos y vuestro propio regreso.

También enviamos ocultamente capitanes nuestros a los rebeldes, para aconsejarlos y dirigirlos en su lucha, en realidad para traicionarlos.

Enviamos también otros agentes secretos a la comandancia de los lobos, para colaborar con ellos en el sofocamiento del hoy de la rebelión y para la luz del mañana de la libertad.

¡Puede que nosotros y los lobos nos comamos unos a otros en toda la tierra por el dominio del mundo! Cuando, sin embargo, los pueblos levantan cabeza y buscan arrojarnos tanto a nosotros como a ellos, entonces perdemos nosotros dos la guerra. En este tema no somos ya enemigos, sino aliados. ¿Habéis comprendido?»

Hace días que no he escrito. Y aún ahora ruedan mis lágrimas por el papel y borran las letras... He perdido a mi Ulises, ¡a mi hombre! Por las muchas preocupaciones y los desvelos (también comía mucho para distraerse y para relajarse) le dio un patatús. Cayó el Primer Soldado de la Libertad, en pie, en su puesto. Larga es la fosa que se abrió y encierra a mi gigante. Le lloraron los amigos, le lloraron los enemigos. Y los cocodrilos. Sus últimas palabras fueron: «¡Igualdad!... ¡Libertad!» ¡Sus monos!... Estoy desconsoladísima. No alcanzó a confiarme los secretos de Circe. ¡Pero también con los viejos medios (dioses, falsas escrituras, hambre, cárceles) puede uno convertir a los pueblos en cerdos!...

Al cuarto año el «cuento» se tornó en portento.

Un tercer gran pueblo, los Hombres Rojos[54], demonios del Infierno, innumerables como las olas del Océano, entraron en tropel desde los hielos del norte, todopoderosos e invencibles, ahogaron con sus oleadas el país de los lobos. ¡También ellos por la libertad de los esclavos! ¡Como los Lobos y como los Chacales! Peores, sin embargo. Porque no sólo lo decían, sino que incluso lo hacían. ¡Libertaban a los esclavos!

Y entonces los Lobos, los desdichados, se vieron forzados a recoger sus cosas de todas partes y a huir de prisa y corriendo de todas partes, para ir a defender sus loberas. ¡Que lleguen a tiempo a salvarlas! De esta forma se fueron también de Ítaca, como habían venido. De un salto. ¡Vayan con dios! ¡No querían nuestro mal! ¡Ojalá que no encuentren el mal!

Apenas se fueron los lobos de la isla bajaron los rebeldes desde las montañas. Tomaron el poder. ¡Y proclamaron la Rebeldocracia! Toda la tierra, las fábricas, los barcos y los bancos, ¡del pueblo! Sin señores grandes o pequeños, propios o extranjeros. ¡Sólo el rebaño, sin pastores!

Los dioses se reían mucho. Y los chacales más. Como rondaban alrededor de nuestras islas, en cuanto se fueron los lobos, saltaron dentro en un día. ¡Libertadores!

Los Libertadores al punto pidieron a los rebeldes que entregaran las armas y que volvieran de nuevo sensatamente a sus «casas». Y lo que hubieran hecho hasta ahora, perdonado.

¡Pero qué iban a escuchar esos! Que entregaran sus ganancias y el poder, ¡al que llamaban Igualdad! Se negaron. Y entonces los libertadores, como lo tenían planeado, junto con los príncipes y los verdaderos patrio-

[54] Los rusos.

tas, los atacaron. Y con la fuerza de las armas y con la voluntad de los dioses, vencieron en pocos días a los rebeldes, les arrebataron las armas y les volvieron a poner sus cadenas, que el Tiempo había santificado y los Dioses bendecido.

De nuevo se hizo el orden, la tranquilidad y el silencio. ¡La tierra como el cielo!

Y cuando los libertadores entraron solemnemente en la capital, nadie del numeroso pueblo, aparte de los pocos pero escogidos patriotas, salió a recibirlos. ¡Los ingratos!

Sin embargo los príncipes, los generales y toda la plana mayor del estado salieron con sus medallas y con sus espadas, y a la cabeza el Arcipreste que apretaba sobre su pecho la Sagrada Mitología; con la fanfarria delante y las muchachas de la aristocracia detrás, con ramos de flores en sus sutiles manos de lirio, y recibieron con júbilo y orgullo a los nuevos vencedores - libertadores.

Y el nuevo Gran Visir, hermano de Eurímaco, Estenómaco, les entregó las llaves de la ciudad y del Tesoro. Y les agradeció por el gran favor que habían hecho a los habitantes de Ítaca al liberarlos y por el gran honor de considerarlos descendientes de los dioses, tanto como a los árabes. Árabes blancos.

El Gran Visir, con una dulce sonrisa en los labios, les preguntó si el reino mantendría su antiguo nombre o le habría de quitar el letrero y la bandera. Y el Capitán de los libertadores le respondió también él con su dulce sonrisa:

— Si no mantenéis el nombre, el letrero y la bandera, entonces ¡¿qué tendréis vuestro?!

Pero los chacales no eran tan inocentes como para dejar su trabajo en este punto. Las armas que cogieron a los rebeldes se las dieron a los patriotas. Para que mataran sin medida a cada traidor: en la calle, en su casa, en el campo. No que los mataran de una, sino que los torturaran primero. Llenaron también los montes con tropeles de patriotas armados. Para que limpiaran los montes y las ciudades de la infección. Así organizaron la matanza mutua, para no irse nunca… Por dios, que no se vayan… ¿Para que tengamos otra vez lo mismo?

Regresé también yo, el Ideal, a mi patria y a mi pueblo. Los príncipes y los patriotas me recibieron con los brazos abiertos, como las mandíbulas de una ballena. ¡El pueblo de nuevo se encerró en sus casas! ¿Dónde me llevará?

¡Ah! ¡Ojalá viviera mi Pseudoulises, Eupátor, Filadelfo, Evergetes, Soter[55]! Que se alegrara también él.

Los dioses me volverán a enviar a otro. Y entonces el mundo se volverá mejor. Y más grande.

Y para que el mundo sea más grande y mejor, lucha ahora mi pueblo en los extremos de la tierra. En el Mar Muerto, en el Nilo, en el Éufrates, en Taprobana, donde lo envían los chacales. ¡Un mundo grande! Una gran Ítaca.

Todos ahora estamos contentos. Señores y pueblo. Miraba abajo en la plaza a las muchachas del pueblo bailar y celebrar el nuevo orden. Y escuché una nueva canción del baile:

Y mi alma se regocija
como el seno de cada una
amarga lactancia prepara
leche de miedo y de esclavitud.

¿Quién la ha hecho? He enviado a que me lo encuentren. Lo "nombraré" poeta nacional. Y haré de su canción el himno nacional.

[55] Diferentes epítetos de la dinastía de los Ptolomeos ("de buen padre", "que ama a su hermana", "bienhechor", "salvador").

Las grandes verdades salen de los grandes acontecimientos. Y la gran verdad: no existe libertad sin miedo ni cadenas…

¡Qué bella es la vida!

(Aquí acaba el Cuento, pero cada final es también un comienzo).

APÉNDICE MITOLÓGICO

En este apéndice mitológico tan solo se añade un breve comentario de las figuras que aparecen en la obra, unos datos, por supuesto, muy simplificados. No se incluyen algunas de las figuras que el propio autor explica o muchos de los nombres que aparecen solo en la Odisea y no tienen un mito particular.

Adonis: Amante de Afrodita.

Afrodita: Diosa de la belleza y del amor.

Agamenón: Hijo de Atreo, hermano de Menelao. Rey de Micenas, comandó las fuerzas que atacaron Troya.

Alcínoo: Rey de los feacios, padre de Nausícaa.

Amazonas: Pueblo guerrero femenino.

Antínoo: Pretendiente de Penélope.

Apolo: Dios hijo de Zeus, hermano de Ártemis. Dios del sol y de las artes.

Aquiles: hijo de la diosa Tetis y del mortal Peleo, principal héroe griego de la Guerra de Troya.

Ares: Dios de la guerra, hijo de Zeus.

Aretusa: Ninfa hija de Nereo.

Argos: Perro de Ulises en Ítaca.

Ártemis: Hija de Zeus, diosa de la caza.

Asclepio: (Esculapio) Dios de la medicina, hijo de Apolo.

Atenea: Hija de Zeus, diosa de la sabiduría.

Atis: Amante de Cibeles, semidiós frigio.

Atlas: Titán condenado a soportar la bóveda celeste.

Atreo: Rey de Micenas, padre de Agamenón y Menelao.

Augias: Rey al que Heracles tuvo que limpiar los establos en cumplimiento de uno de sus doce trabajos.

Áyax: Héroe griego que participó en la Guerra de Troya.

Belerofonte: Hijo del rey Glauco, domó al caballo alado Pegaso y mató a la Quimera.

Cadmo: Héroe griego, fundador de la ciudad de Tebas.

Casandra: Adivina troyana, hija del rey Príamo.

Céfalo: Hijo de Deyoneo, rey de la Fócide. En algún momento de su leyenda fue amante de la diosa Eos.

Cerbero: Perro de tres cabezas, guardián de las puertas del Hades.

Cibeles: Diosa de Frigia, suele ser representada sobre un carro tirado por dos leones.

Circe: Maga hija de Helios, en la *Odisea* convierte en cerdos a los compañeros de Ulises.

Clitemnestra: Hija de Leda, hermana, pues, de Helena. Esposa de Agamenón.

Crono: El Tiempo, titán hijo de Gea y Urano.

Danae: Hija del rey Acrisio de Argos, fecundada por Zeus en forma de lluvia de oro, fue madre de Perseo.

Deucalión: El «Noé» griego, padre de la raza helena.

Diomedes: Héroe griego que luchó en la Guerra de Troya.

Dionisio: Hijo de Zeus, dios del vino y del teatro.

Dióscuros: Castor y Pólux, hijos de Leda (Pólux de Zeus, Castor de Tindáreo), hermanos, pues, de Helena,

Dolio: Criado de Penélope.

Éaco: Juez del Hades.

Edipo: Héroe vencedor de la esfinge de Tebas. Mató su padre y se casó con su madre sin saberlo, creyendo ser hijo de otros padres.

Eetes: Rey de la Cólquide, donde custodiaba el Vellocino de Oro.

Electra: Hija de Agamenón y Clitemnestra.

Encélado: Gigante que luchó en la Gigantomaquia contra Atenea, esta lo venció arrojando sobre él la isla de Sicilia, allí, desde entonces, vomita fuego por la boca del Etna.

Endimión: Pastor amante de Selene.

Eos: Diosas de la aurora.

Equidna: La "Víbora", monstruo con torso de mujer y cola de serpiente.

Erimanto, jabalí de: Jabalí que vivía en el Erimanto, monte del Peloponeso, su captura supuso el tercero de los trabajos de Hércules.

Erinias: Monstruos femeninos que personificaban la venganza.

Eros: Dios del amor, hijo de Afrodita.

Estenebea: Mujer de Preto, rey de Argos.

Éstige: Hija de Océano y de Tetis, río del infierno.

Eumeo: Porquero y sirviente de Ulises.

Euriclea: Criada de Ulises.

Eurímaco: Pretendiente de Penélope.

Febo: Apolo.

Fedra: Hija de Minos y Pasífae, hermana de Ariadna y esposa de Teseo.

Femio: Aedo (cantor) de Ítaca.

Filoctetes: Héroe griego a quien Hércules regaló su arco con flechas emponzoñadas.

Ganímedes: Príncipe troyano raptado por Zeus para convertirlo en su amante y en copero de los dioses.

Gorgona: Monstruo femenino que petrificaba con su mirada.

Hades: El infierno. También el dios del Infierno (Plutón).

Haliterses: adivino de Ítaca, amigo de Ulises.

Héctor: Héroe troyano hijo del rey Príamo.

Hefesto: Dios de la metalurgia y de los artesanos.

Helena: Mujer de Menelao y amante de Paris. Hija de Zeus según la tradición.

Helios: Dios del sol.

Hera: Diosa del matrimonio, esposa de Zeus.

Heracles: (Hércules) Héroe hijo de Zeus.

Hércules: v. Heracles.

Hermes: Hijo de Zeus, dios de mensajeros, del comercio, de los ladrones…

Hermíone: Hija de Helena y Menelao.

Hespérides, manzanas de las: Último de los doce trabajos de Hércules.

Hestia: Diosa del hogar.

Hipnos: El Sueño.

Hipólito: Hijo de Teseo.

Idótea: Hija del dios marino Proteo.

Ifigenia: Hija de Agamenón y Clitemnestra, según la versión más extendida, fue sacrificada para que la flota griega pudiera comenzar su expedición a Troya. En la obra aparece la versión que la hace hija de Helena y Teseo.

Laertes: Padre de Ulises.

Leocótea: Divinidad marina.

Leócrito: Pretendiente de Penélope.

Maya: Divinidad hija de Atlas, madre de Hermes.

Medea: Hija del rey de la Cólquide, Eetes. Ayudó a Jasón a conseguir el Vellocino de Oro.

Medusa: Una de las Gorgonas, con serpientes como cabello y mirada que petrificaba.

Meges: hijo de Fileo, nieto, pues, del rey Augias. Fue uno de los reyes que participó en la Guerra de Troya.

Menelao: Hijo de Atreo, hermano de Agamenón. Rey de Esparta, esposo de Helena.

Mentor: Amigo de Ulises en Ítaca, a quien este último encomendó la educación de su hijo a su salida hacia Troya.

Minos: Rey de Creta.

Minotauro: Monstruo mitad toro mitad hombre, hijo de Pasífae, muerto a manos de Teseo en el Laberinto.

Náyades: Ninfas vinculadas a manantiales y ríos.

Nereidas: Ninfas marinas.

Néstor: Rey de Pilos, el soberano de más edad y sabiduría que participó en la Guerra de Troya.

Nice: Diosa de la victoria.

Odiseo: v. Ulises.

Olimpo: Montaña de Grecia, morada de los dioses.

Orfeo: Hijo de Apolo, famoso por sus cualidades musicales.

Palas: Sobrenombre de la diosa Atenea.

Pan: Dios de los pastores y rebaños, con patas y cuernos de macho cabrío.

Paris: príncipe troyano hijo de Príamo. Amante de Helena.

Pasífae: Esposa de Minos, madre del Minotauro tras su relación con un toro.

Pegaso: Caballo alado, surgió de la sangre derramada de Medusa.

Penélope: Reina de Ítaca, mujer de Odiseo (Ulises).

Perse: (Perseis) Hija de Océano y Tetis, esposa de Helios.

Perseo: Hijo de Zeus y Danae, héroe que mato a Medusa.

Piriflegetonte: Río del Infierno.

Plutón: Dios del infierno.

Polixo: Reina de Rodas, según una versión hizo matar a Helena en venganza por la muerte de su marido en la Guerra de Troyal.

Poseidón: Dios del mar.

Preto: Rey de Argos y Tirinto.

Príamo: Rey de Troya.

Prometeo: Titán amigo de los mortales, les facilitó el fuego.

Proteo: Dios marino encargado de apacentar rebaños de animales marino pertenecientes a Poseidón, como las focas.

Quimera: Monstruo híbrido de varias cabezas (cabra, león, serpiente) derrotado por Belerofonte.

Quirón: Centauro maestro de héroes.

Radamantis: Juez del Hades.

Rea: Mujer de Crono, madre de Zeus y sus hermanos.

Selene: Diosa de la luna.

Tánatos: La Muerte.

Tártaro: Lugar del infierno mitológico.

Telémaco: hijo de Ulises y Penélope.

Temis: Diosa personificación de las leyes.

Tersites: Guerrero griego en la Guerra de Troya, personaje de la Ilíada.

Teseo: héroe hijo del rey Egeo, mató al Minotauro.

Teucro: Primer rey mítico de Tróade.

Tideo: Rey de Etolia y padre de Diomedes.

Titanes: Raza de dioses que gobernó antes que Zeus.

Tlepólemo: Rey de Rodas, murió en la Guerra de Troya.

Tritón: Dios marino, hijo de Poseidón y Anfítrite.

Ulises: (Odiseo) hijo de Laertes y Anticlea, rey de Ítaca y principal protagonista de la *Odisea* de Homero.

Zeus: Hijo de Cronos, dios supremo del panteón griego.

APÉNDICE GEOGRÁFICO

Añadimos una serie de referencias geográficas que aparecen en la obra, lugares que Várnalis cita con formas poco comunes, sacadas o de fuentes clásicas o de muy diferentes épocas, jugando con el anacronismo con el que el autor ofrece esa doble lectura de la historia que ya hemos mencionado con anterioridad. No incluimos los lugares geográficos conocidos mayoritariamente.

Borístenes: El río Dniéper

Cabo de la Señora: Cabo o Piedra Lefkas, al SO. de la isla de Leucas

Cerigo: Citerea

Císavo: El monte Ossa, en Tesalia

Ciurca: Afidnas

Cueva de Mármol: También conocida por Cueva de las Ninfas, en Ítaca, lugar donde se dice que Ulises escondió su tesoro cuando llegó a la isla.

Culura: Salamina.

Dimitsana: Población de Arcadia.

Égripo: Eubea, nombre derivado del estrecho de Euripo.

Eurota: Río de Esparta

Filiatro: Playa del sur de Ítaca

Gastouni: Villa situada en el Oeste del Peloponeso, en la región de Elis

Gran Mar: el mar Mediterráneo

Kalavrita: Población de Acaya.

Kánatos (fuente): Fuente situada en Nauplia. v. Pausanias, II, 38, 2.

Mar Blanco: Mar Egeo

Maratonisi: Macronisi

Misiri: Egipto

Morea: el Peloponeso

Neocastro: Castillo de Navarino, Pilos.

Olonós: Actual nombre del monte Erimanto, en la Arcadia

Pactolo: Río del antiguo reino de Lidia, símbolo de abundancia y riqueza.

Patra: Población del norte del Peloponeso.

Pétalas: Nombre actual de una de las islas de las Equínades

Petaleiko: Montaña del sur de Ítaca

Prusa: Actual Bursa, ciudad del noroeste de Turquía.

Psiloritis: El monte Ida, de Creta.

Rumelia: Grecia continental. Con este nombre se indicaba en el siglo XV la región del sur de los Balcanes dentro del imperio turco

Santa Maura: Leucas

Sicinos: Isla del mar Egeo, al este de Naxos.

Sigeo: Promontorio de Troya.

Taprobana: Ceilán

Trípoli: Población de Arcadia.

Vostitsa: Población de noreste de Acaya, más conocida como Egio.